EXTRAIT DU BULLETIN DE LA SOCIÉTÉ POLYMATHIQUE DU MORBIHAN

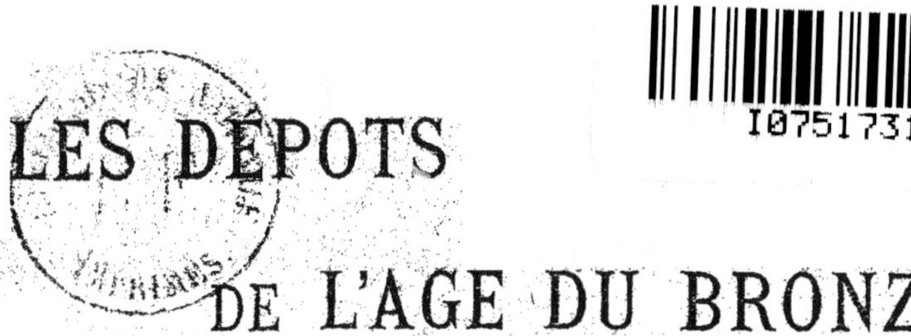

LES DÉPOTS DE L'AGE DU BRONZE

DANS LE MORBIHAN

PAR LOUIS MARSILLE
VICE-PRÉSIDENT DE LA SOCIÉTÉ POLYMATHIQUE DU MORBIHAN

VANNES
IMPRIMERIE GALLES, PLACE DE L'HOTEL-DE-VILLE

1913

LES DÉPOTS DE L'AGE DU BRONZE

DANS LE MORBIHAN

Nombre et Classification de ces Dépôts

En 1876, E. Chantre donnait un premier inventaire des dépôts de l'âge du bronze découverts en France. Il arrivait au total de 169 trouvailles.

En 1894, dans une nouvelle statistique, G. de Mortillet en portait le nombre à 435.

En 1910 enfin, M. J. Déchelette, dans un Appendice au tome II de son « Manuel » enregistre 747 trouvailles de cette nature (1). Dans la liste par départements, le Morbihan n'occupe que la 9e place, avec 16 dépôts portés sous les nos 561 à 576. Encore conviendrait-il de diminuer ce chiffre d'une unité, les nos 569 (haches en plomb de la collection du Rév. Greenwell trouvées à Condest, près Nivillac) et 574 (1 culot et 150 haches en plomb trouvés à Branru, entre La Roche-Bernard et Sévérac), se rapportant tous les deux à la même cachette,

(1) C'est le Finistère qui vient en tête, avec 101 dépôts. Mais il faut lui enlever le dépôt de *Lanfains* (no 254) pour le rendre aux Côtes-du-Nord auquel il appartient. En revanche, il faut ajouter à sa liste les deux dépôts de *Bellevue* et de *Mescléo* en *Moëlan* que j'ai publiés dans le Bulletin de la Société Polymathique du Morbihan, année 1911, p. 77. — Je signale encore à mes collègues de la Vendée la découverte de *nombreuses haches à bords droits* au village de La Bonnière, près Mouchamps (Vendée). Je n'ai pu en retrouver que quelques-unes chez un de mes oncles qui m'en a donné deux. Bien que très ancienne, cette trouvaille ne me semble pas avoir été encore signalée. — Pas plus qu'une découverte de haches à talons sans anneau dans les marais de Redon (Ille-et-Vilaine). Le musée J. Miln, à Carnac, en possède deux. Deux autres dépôts de l'Ille-et-Vilaine m'ont été signalés par M. Edouard Gillon de Pontorson, qui possède 50 haches provenant du premier : Saint-Marcan, près Saint-Broladre, canton de Pleine-Fougères, env. 200 haches à douille quadr. dou un certain nombre de petites — Carfantain, près de Dol, env. 50 haches à d. quadr.

comme je l'établirai plus loin. Dans la liste rectifiée des dépôts de l'âge du bronze dans le Morbihan, que je donnerai en finale de cette étude, je conserve le n° 574, en précisant le lieu de la trouvaille, et je supprime le n° 569. Il est remplacé par le dépôt des deux moules de Bangor, découverte qui remonte à l'année 1800 d'après J. Evans et sur laquelle je n'ai pu trouver de détails complémentaires, non plus que sur celle du moule de Saint-Dolay. Je les enregistrerai cependant à nouveau, après M. Déchelette, étant donné l'autorité des premiers archéologues qui les ont signalées.

Je rectifierai en même temps les erreurs concernant les moules de haches trouvés dans le département. Mais c'est moins pour relever quelques inexactitudes inévitables dans un travail aussi important que celui de M. Déchelette que pour en combler les très grandes lacunes concernant le Morbihan que je publie ces pages. En effet, aux 16 trouvailles enregistrées dans cet inventaire il convient d'en ajouter 15 autres. Quelques-unes sont toutes récentes, mais plusieurs eussent été signalées à M. Déchelette si la Société Polymathique avait eu connaissance de ses recherches.

Sur ces 15 cachettes, 4 ont été publiées dans notre bulletin : ce sont celles d'Erdeven (près le bourg) — Le Faouët (Kerauval) — Pluherlin (sur Lanvaux) — Moréac (Boëdic).

11 sont restées inédites (1) : ce sont celles de Belz (Kercadoret) — Brandivy (Castelguen) — Caudan (La Montagne du Salut) — Hennebont (Kerorch) — Ile de Groix (Men-Stang-Roh) — Kerfourn (Governe) — Plescop (Brenolo) — Pleucadeuc (Kermarie-Gournava) — Plœmeur (Lanénec) — Quéven (Kerhor) — et Saint-Tugdual (Cornospital).

Mais combien d'autres resteront ignorées : Evans signale une grande hache ornée provenant des environs de Lorient (Morbihan) dans la collection Greenwell. Le Musée de la Société Polymathique possède plus de 25 haches à douille quadrangulaire, quelques-unes ornées, sans indication de provenance, sauf pour deux ou trois entrées isolément comme celles de Questembert, de Riec en Belz, etc. Il est plus que probable qu'un certain nombre d'entre elles proviennent de dépôts inconnus du Morbihan.

(1) Voir ci-après la composition détaillée de tous ces dépôts.

D'autres ont pris le chemin de nos fonderies modernes, comme les 2 haches à talons sans anneau trouvées dans les marais de Redon et données au Musée Miln par M. Chevalier, fondeur à Redon. Je ne mentionne pas davantage, faute de renseignements assez précis, un certain nombre de trouvailles. Ainsi M. le général de Kerdrel possède au château du Brossais, en Saint-Gravé, une hache à bords droits, une hache à talons et une pointe de lance à douille, trouvées dans la région, soit aux environs de Saint-Gravé, soit, plus probablement, au Landa, en Peillac ; mais ont-elles été trouvées réunies ? (1)

Je vais donner quelques détails sur les onze dépôts restés inédits, en suivant la classification chronologique. Cette classification, telle que je la conçois, s'inspire à la fois de la forme, de l'association de types différents dans le même dépôt et de la composition de l'alliage. Malheureusement les analyses de bronzes anciens de notre région sont encore rares. Il est bien entendu que cette classification n'a d'autre valeur que celle d'une opinion personnelle basée sur l'étude de découvertes faites dans une région très limitée : le département du Morbihan. Je ne rechercherai pas aujourd'hui si elle est également applicable aux départements limitrophes. Je me contenterai de constater pour le moment qu'elle peut s'adapter à celle de G. de Mortillet pour l'ensemble de l'âge du bronze et à celle de MM. Chassaigne et Chauvet pour les bronzes de la Charente, et que les 7 analyses nouvelles que j'ai à publier ainsi que la composition de ces 11 cachettes inédites viennent encore la justifier (2).

A l'encontre des dépôts du Finistère, ceux du Morbihan se classent tout naturellement. Une seule cachette, celle de Questembert, a montré l'association de la hache à talons avec des haches à ailerons et une hache à douille ronde, mais cette hache à talons était seule, le cas est unique ; l'on peut donc dire que peu de régions possèdent des dépôts offrant la remarquable homogénéité de ceux du Morbihan.

(1) Dans le courant du mois de septembre 1913, un remouleur s'est présenté dans plusieurs bijouteries de Lorient, offrant une pointe de lance à douille en bronze. Il prétendait être possesseur de plusieurs instruments semblables trouvés dans les environs (Renseignement de Mme Costard).

(2) Ces analyses ont porté sur les 4 pièces (1 hache plate et 3 poignards) de la sépulture de Coët-er-Garf, en Elven, sur 2 haches du dépôt de Brandivy (Castelguen) et 1 du dépôt de Pleucadeuc (Gournava).

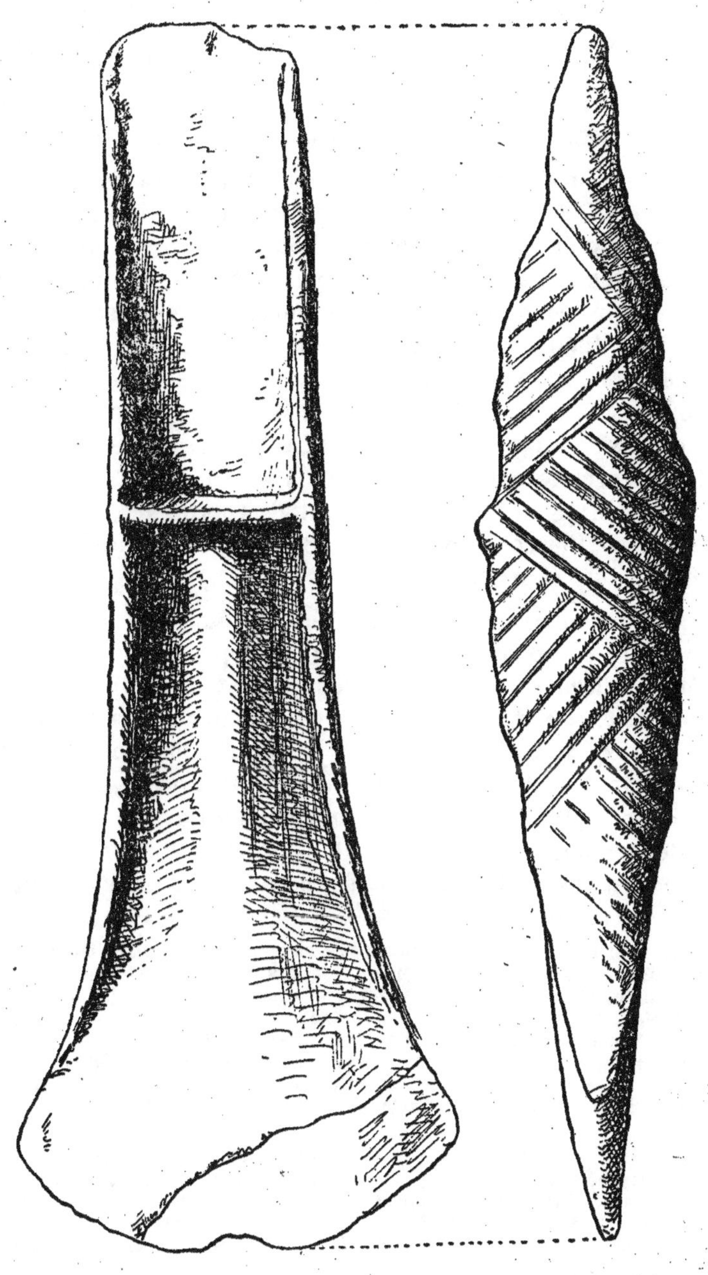

Une des deux haches d'Erdeven (Morbihan)

I. — *Haches plates* ou à légers rebords obtenus par martelage des côtés, ordinairement en cuivre pur. Trouvailles isolées (1). Un seul dépôt de 2 haches dans le Morbihan : à Pluherlin (sur Lanvaux). Cette phase ne pouvait être que très courte dans une région où l'étain était déjà exploité.

II. — Le bronze devient peu à peu normal. Le mobilier du tumulus de Coët-er-Garf, dont on trouvera la description dans ce même numéro du Bulletin de la Société Polymathique, nous montre, avec ses trois armes de cuivre pur, dont une hache plate, et son poignard en bronze normal, le passage de la phase I ou énéolithique à la phase II ou première du bronze. *Haches à rebords droits* coulés avec la pièce, rares dans le Morbihan (2). *Haches à talons* avec ou sans anneau latéral :

9 dépôts : Bangor — Caudan (La Montagne du Salut) — Erdeven (près le bourg) (Planche I) — Guern (Fourdan) — Inzinzac (Brangolo) — Noyal-Pontivy (bords de l'étang de Kergoff) — Plescop (marais de Brenolo) — Saint-Dolay — Saint-Tugdual (Cornospital).

III. — Le plomb apparaît dans les dépôts. Bronze encore normal ou contenant une certaine proportion de plomb. *Haches à ailerons et à œillet, Haches à douille arrondie, à anneau latéral et à tranchant élargi.* On constate l'association de ces deux types dans 4 dépôts sur 5. Abondance d'objets divers. L'analyse des bronzes de Questembert ne révèle qu'une proportion de 0,13 à 3,82 de plomb dans les armes ou outils, mais deux « jets » en contiennent 10,67 et 14,48 °/o (3). Si ces « jets » sont des boutons de coulée, comme cela paraît résulter

(1) Haches plates découvertes isolément à : Questembert (Cléherlan) Musée, longueur 0m,082 — Theix (Kerandrun) Musée, longueur 0m,061 — Pluneret (Sainte-Anne) moulage, Musée, longueur 0m,072 — Carnac (Kerogèle) petite — Carnac (Lizo) Musée Miln — Carnac, grande hache au Musée de Kernuz — Pleucadeuc (Linio) coll. Louis Marsille — Saint-Congard (Ascesnie) coll. Louis Marsille — La Roche-Bernard, petite, coll. abbé Chauffier...... Le nombre des petites haches plates contredit ce que M. du Chatellier dit de la taille et de la beauté des haches plates du Morbihan d'après les exemplaires qu'il possédait (Ep. préh. et gauloise, 2e édit. p. 44).

(2) Deux haches à rebords droits existent au Musée de la Société Polymathique, l'une vient de Quéven, l'autre d'un point indéterminé du département. Le général de Kerdrel en possède une venant de Saint-Gravé ou de Peillac. Une des deux haches d'Erdeven (coll. Louis Marsille) a les rebords droits réunis par une languette de métal formant talons, elle rentre donc dans la catégorie des haches à talons. (V. infra.)

(3) Voir dans le bull. de la Soc. Polym., année 1863, p. 26, les analyses des bronzes de la cachette du Parc-aux-Bœufs, en Questembert.

du travail du Dr de Closmadeuc (1), nous avons la preuve de l'addition intentionnelle finale de plomb pur dans le bronze normal encore en fusion qui venait d'être versé dans le moule (2). 5 dépôts : Bangor (Calastrène) — Groix (Men-Stang-Roh) — Guidel (Kergal) — Guidel (Kerhar) — Questembert (Lande du Parc-aux-Bœufs).

IV. — Incohérence dans la fabrication : bronze d'étain pauvre ou riche à l'excès ; bronze plombeux ; plomb pur. *Haches à douille quadrangulaire, à anneau latéral et à lame longue et étroite, type armoricain.* Ces haches sont ordinairement seules : plus d'objets divers.

Le nombre des dépôts de haches de ce type égale à lui seul la somme des dépôts contenant toutes les autres formes.

15 dépôts : Augan (Bois-du-Loup) — Belz (Kercadoret) — Bieuzy — Brandivy (Castelguen) — Kerfourn (Governe) — Le Faouët (Kerauval) — Malguénac (bord de la route de Cléguérec) — Moréac (Boédic) — Nivillac (Branrue) — Pleucadeuc (Gournava) — Plœmeur (Lanénec) — Ploërmel — Quéven (Kerhor) — Quéven — Roudouallec (Kerhon) (3).

La cachette de Cornospital en Saint-Tugdual (Morbihan)

Le procès-verbal de la séance du 31 juillet 1888 enregistrait le don fait par M. Martin, agent voyer en chef du département, au Musée de la Société Polymathique, de différents objets et armes en bronze trouvés à Cornospital, en Saint-Tugdual, petite commune du canton de Guémené, arrondissement de Pontivy (Morbihan).

M. le Conservateur du Musée, dans son rapport annuel,

(1) Le Dr de Closmadeuc, dans le bull. de 1863, p. 15, 6e ligne, parle de « jets de bronze dont quelques-uns gardent encore adhérente la terre rouge qui servait à former le moule » : il s'agit donc bien des boutons de coulée. L'analyse des deux « jets » de bronze plombeux donnée à la page 26 a donc porté sur les boutons de coulée.

(2) M. Louis Siret en a fait la preuve expérimentale. Le plomb ajouté de cette façon n'a pas le temps de pénétrer dans l'alliage avant le refroidissement et reste en proportion plus forte à la partie supérieure. *Questions de chronologie et d'ethnographie ibériques.*

(3) V. in fine la liste détaillée et rectifiée des dépôts de l'âge du bronze dans le Morbihan. Sur les 31 dépôts qui y sont mentionnés, 8 appartiennent en totalité au Musée de la Société Polymathique et notamment tous les dépôts renfermant des haches à ailerons. 2 autres dépôts n'y sont entrés qu'en partie.

rappelait ce don consistant en « lame de poignard, pointes de lances, haches en bronze » et mentionnait en même temps « l'acquisition de haches en bronze découvertes à Belz. »

Aucune étude n'ayant dans la suite été publiée sur ces deux trouvailles, je donne aujourd'hui la liste détaillée des objets qu'elles contenaient.

Nous possédons de la cachette de Cornospital :

1 à 4.— *4 haches à talons rectangulaires et à anneau latéral;*

5-6 — *2 pointes de lances à douille ;*

7 — *Un important fragment d'une lame d'épée.*

Soit sept pièces pesant au total 2 kilos 249 grammes. J'ignore si la cachette comprenait d'autres objets.

1 — *Hache à talons rectangulaires et à œillet* de 0m, 190 de longueur dont 0m, 114 de tranchant, 0m, 046 de largeur au tranchant et du poids de 608 grammes. Une forte nervure arrondie, très saillante, aux bords latéraux concaves, part de la base du talon et suit la partie médiane de la lame jusqu'aux deux tiers de la longueur. Les côtés de la hache présentent une double pente (Pl. II, fig. 1).

2 — *Hache à talons rectangulaires et à anneau latéral* de 0m,180 de longueur, 0m,047 de largeur du tranchant et pesant 609 grammes, avec sur les faces de la lame un renflement central et médian plutôt qu'une nervure. A la différence de la précédente et de la suivante, les côtés sont presque plats.

3 — *Hache à talons rectangulaires et à anneau latéral* de 0m, 175 de longueur, 0m, 040 de largeur au tranchant, et pesant 483 grammes. Une nervure encore plus saillante que celle du N° 1 occupe la partie médiane des plats la plus rapprochée du talon. Comme ceux du N° 1, les côtés présentent une double pente.

Cette hache est cassée en deux un peu au-dessus de la base du talon.

4 — *Hache à talons rectangulaires et anneau latéral* de

(1) La cachette de Fourdan, en Guern (Morbihan), contenait 10 haches à talon et anneau latéral, 3 lames de poignard à crans, 4 pointes de lance à douille, 1 marteau à douille quadrangulaire, 1 rasoir, 3 bracelets. — Celle de Kergoff, en Noyal-Pontivy, ne renfermait qu'une hache à talon et anneau latéral, 2 lames d'épée à languette et à crans, 2 pointes de lance à douille et 1 ciseau à douille quadrangulaire. — Bull. Soc. polym. 1898, 158, et 1905, 144.

plus petites dimensions : longueur 0m, 135, largeur du tranchant 0m, 034, poids 237 grammes. Comme les autres, elle offre sur les faces une nervure médiane, mais moins prononcée, à cause de l'épaisseur relativement plus grande des faces le long de cette nervure : les côtés sont plats comme ceux du N° 2 (Pl. II, fig. 2).

5 — *Pointe de lance à douille* de 0m, 190 de longueur et 0m, 044 de largeur à la partie la plus renflée des ailettes. La douille est conique et creuse dans toute sa longueur. Elle mesure 0m, 022 de diamètre à la base. Elle est pourvue sur les côtés de deux ailettes. Celles-ci ont 0m, 144 de longueur et sont peu développées en largeur, puisque la largeur totale et maxima de l'arme n'atteint que 0m, 044. Deux trous assez petits et se faisant face sont percés des deux côtés de la douille, un exactement sous chaque aile et vers le milieu de la partie comprise entre l'orifice de la douille et la naissance des ailettes. Son poids est de 167 grammes (Pl. II, fig. 3).

6 — *Pointe de lance à douille* de 0m, 155 de longueur et pesant 75 grammes. Elle a sensiblement la même forme que la précédente avec les dimensions plus réduites. Les deux trous placés sur la douille au-dessous des oreillettes et destinés aux rivets ou aux clous qui la fixaient sur un manche en bois sont plus larges que ceux de la pièce précédente.

7 — *Épée.* — Fragment de 0m, 150 de longueur appartenant à la base d'une épée dont les bords sont fragmentés. Il ne reste qu'une petite partie de ces bords le long du renflement central. Celui-ci, dont la coupe dessine une anse très surbaissée, mesure 0m, 006 d'épaisseur. Poids du fragment : 70 grammes. Cette lame semble avoir été ployée et brisée postérieurement à la découverte (Pl. II, fig. 4).

Dépôt de Brenolo, en Plescop.

Le 10 août 1912, M. Léon Lallement était appelé par M. Rollet, horloger à Vannes, qui le mettait dans son magasin en présence d'un cultivateur. Celui-ci, porteur d'une *hache à talons et à anneau latéral*, en bronze, trouvée, disait-il, trois ans auparavant, au cours de travaux d'assèchement et

PL. II

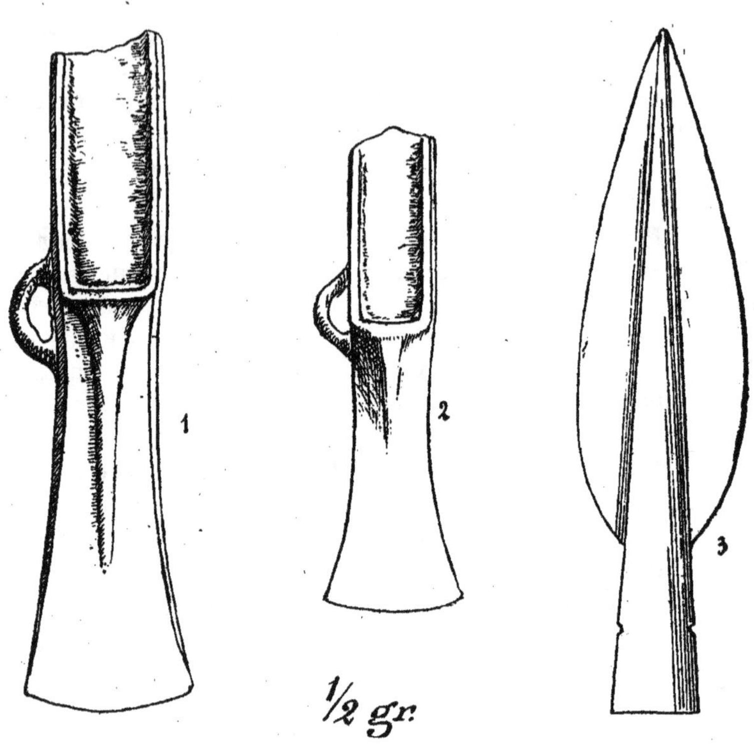

Saint-Tugdual 1/2 gr. nat.

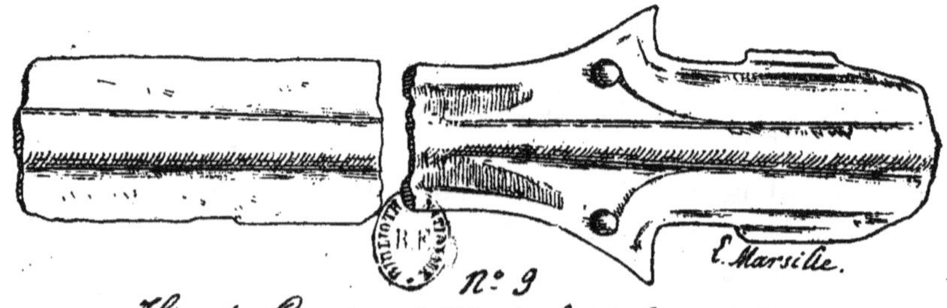

Ile de Groix (Voir infra) 2/3 gr. nat.

de défrichement du marais de Brenolo en la commune de Plescop (Morbihan). Cette hache fut achetée par notre collègue, qui fit immédiatement une petite enquête dont voici le résultat. M. Le Mené, conservateur du Musée à cette époque, se souvient très bien avoir vu *deux* ou *trois* haches provenant de Brenolo, mais il ne se rappelle plus dans quelles circonstances et ne peut fournir aucun détail. M. Lallement frappa ensuite à la porte du propriétaire du marais, M. Jacquet, boucher à Vannes. Reçu par Mme Jacquet, il lui montra sa hache. Cette exhibition provoqua la réponse suivante : « Oui, à Plescop, il y a une dizaine d'années, en faisant des travaux de drainage, on a trouvé, je crois me rappeler, une vingtaine d'objets semblables à celui que vous me présentez. Mon mari m'a dit qu'il les avait donnés à M. Chatel, maître draineur au service des ponts et chaussées. »

M. Chatel est interrogé à son tour. Ses souvenirs sont peu précis. D'après lui, la découverte pourrait remonter à 1895; les haches, au nombre de *six* seulement, auraient été recueillies l'une après l'autre, et leur forme se rapprochait peut-être davantage de la hache plate (haches à rebords droits) que de la hache à talons. D'ailleurs, ajoute-t-il, une de ces haches est restée en la possession d'un cultivateur de Brenolo. Mais ne serait-ce pas précisément celle achetée par notre collègue M. Léon Lallement ?

Cette hache est à talons et à anneau latéral, en bronze. L'anneau est cassé. Les talons sont légèrement arrondis à la base. Elle mesure 0m,135 de longueur totale, dont 0m,079 de la base du talon à l'extrémité du tranchant.

De toutes ces réponses, un fait se dégage bien certain : la découverte dans les marais de Brenolo d'un dépôt de haches de l'époque morgienne et plus probablement de haches à talons et à anneau latéral, en nombre indéterminé, mais de six au moins.

Dépôt de La Montagne du Salut, en Caudan

Je dois à mon ami M. Pierre Le Strat, médecin-major de 1re classe des troupes coloniales, la connaissance de ce dépôt.

Il se rappelait avoir vu chez son père, notaire à Rosporden (Finistère), *plusieurs haches à talons et à anneau latéral* provenant d'un dépôt du Morbihan. M. Le Strat, père, voulut bien m'envoyer par l'intermédiaire de son fils, médecin à Scaër, les renseignements complémentaires suivants :

« Lors de la construction de la route qui va du bourg de Caudan à Pen-Mané (sur la rade de Lorient), on trouva, en creusant une tranchée près de l'endroit où cette route rejoint la route de Lorient à Hennebont (La Montagne du Salut) *un pot de terre contenant des haches et divers fragments de bronze.* Mon père ne peut vous préciser le nombre des haches. Il en eut deux conformes au modèle que vous donnez dans votre lettre (haches à talons et à anneau latéral). Il croit en avoir vu, *dans le lot qui lui fut présenté,* qui ne portaient point cet anneau (peut-être était-il simplement cassé). De plus, il lui fut donné avec ces deux haches un fragment de lame en bronze dont je vous donne ci-contre la section et une des faces (lame d'épée à renflement central et filets sur les bords).

Ces objets furent remis à mon père par M. Le Strat, cantonnier chef, qui habitait Cléguer pendant la construction de la route. Le conducteur des ponts et chaussées qui dirigeait les travaux était M. de Kergrohen, de Lorient. »

Madame Lespert mère, hôtelière au Bas-Pont-Scorff et chez qui M. J. Le Strat prenait alors pension, se rappelle parfaitement, ainsi que son fils, cette trouvaille. *Le vase en terre était rempli de haches, pointes de lances et débris en bronze.* La plus grande partie fut donnée à M. de Kergrohen. Cette découverte eut lieu vers 1885. Au dire de Mme Lespert et de son fils, elle aurait bien été faite sur le territoire de la commune de Caudan, mais en un point plus rapproché de Pont-Scorff, non loin de la chapelle de la Vérité.

Dépôt de Kerorch en Saint-Caradec-Hennebont

Le Musée de la ville d'Hennebont possède, à côté de quelques objets en bronze trouvés isolément dans la région, deux culots. Ces deux pièces faisaient partie d'un dépôt qui me fut signalé par M. Desjacques, l'un des fondateurs de ce Musée.

M. Mathurin Cormier, conseiller municipal d'Hennebont, propriétaire du terrain sur lequel eut lieu la découverte, a bien voulu me donner quelques renseignements sur cette trouvaille. Elle remonte à 1902 et fut faite dans une lande dite Mané-Boustian, près de Kerorch en Saint-Caradec-Hennebont. A cette époque, des carriers travaillant pour le compte de M. Louis Denoël, entrepreneur, recueillirent sous un grand rocher plat un culot de bronze que le contre-maître remit à son patron. Ce fut un mois après seulement, qu'enlevant au même endroit les débris de pierres qui le gênaient pour l'établissement du verger qu'il voulait y créer, le propriétaire du sol trouva *trois autres culots*. Il en donna un à M. Denoël, qui se trouve ainsi en posséder deux, et les deux autres sont déposés au musée d'Hennebont. Tous les quatre ont la même forme : bombés sur la face correspondant au fond du creuset, plats de l'autre. Ils ont encore sensiblement les mêmes dimensions et partant le même poids : de 2 à 3 kilogrammes.

M. Cormier ajoute qu'il trouva également une hache de pierre en parfait état. Voisinage probablement fortuit, dû au bouleversement opéré par les carriers. Il se peut que, pour la même raison, on n'ait pas remarqué les pièces plus petites, haches, lames d'épée... peut-être fragmentées, qui accompagnaient les quatre culots.

Leur absence, en tout cas, ne permet pas de préciser la phase de l'âge du bronze à laquelle appartient ce dépôt.

Dépôt de Men-Stang-Roh, Ile de Groix (Morbihan)

Au mois de novembre 1909, des cultivateurs de l'île de Groix (Morbihan) découvraient, au cours de travaux agricoles au lieu dit Men-Stang-Roh, près de Port-Lay, une cachette d'objets en bronze. Grâce à l'obligeance et au précieux concours de M. l'abbé Corignet, vicaire à Groix, M. le Conservateur du Musée archéologique put se rendre acquéreur, au nom de la Société Polymathique et pour le Musée, de ce qu'il pensait être l'ensemble de la trouvaille, mais n'en était que la plus grande partie. Quelque temps après, en effet, on recueillait plusieurs pièces ou fragments qui furent acquis par M. le Dr Canu, médecin à Groix.

La cachette renfermait au total 18 objets, tous en bronze :

La moitié d'un moule de haches à ailerons et à anneau.
5 haches à ailerons et à anneau latéral.
3 haches à douille et à anneau latéral.
Une épée.
Une boucle.
7 culots.

Le Dr Canu possède la poignée de l'épée et un fragment de la lame, une hache à ailerons fragmentée et deux culots de bronze (1). Tous les autres objets sont entrés au Musée de la Société Polymathique.

J'en donne ci-dessous la liste et la description.

1. *Moule de haches à ailerons et anneau latéral en bronze.* Nous n'en possédons qu'une moitié de 0m,190 de longueur et 0m,053 de largeur, permettant d'obtenir des haches de 0m,150 de longueur et 0m,030 de largeur au tranchant. Le poids de cette partie du moule est de 762 grammes.

a) Face interne : Au sommet, une cavité en forme de demi-cône, la pointe tournée vers le bas. Le cône complet, obtenu par le rapprochement des deux parties du moule, constitue le cône de coulée. Un certain nombre de petits culots coniques ou hémisphériques de la cachette du Parc-aux-Bœufs près de Questembert (Morbihan) reproduisent la forme de ce petit entonnoir dans lequel on versait le métal. On détachait ensuite, une fois la pièce démoulée, ces culots qui étaient dans la suite refondus. Beaucoup de haches spéciales à la péninsule ibérique, haches à talons et à deux anneaux, ont encore leur cône de coulée intentionnellement conservé, adhérent encore à la hache (2).

Des deux cotés du demi-cône de notre moule, à des hauteurs un peu différentes, un fort bouton hémisphérique en relief devait correspondre à une cavité ménagée dans l'autre

(1) M. le Dr Maurice Vincent, médecin principal de la marine à Lorient, m'a envoyé très aimablement la photographie, les dimensions et le poids de ces objets. Je l'en remercie sincèrement. Le poids total des 18 pièces atteint environ 13 livres.

(2) Louis Siret. — *Questions de chronologie et d'ethnographie ibériques*, p. 349-462. M. Siret assimile ces haches particulières à nos haches à douille quadrangulaire. Il voit, dans ce maintien intentionnel du cône de coulée qui permettait de les tenir debout, une preuve de leur caractère votif. V. infra : *Les haches en plomb du Morbihan.*

moitié, afin de maintenir accolées, sans glissement possible, les deux parties après leur rapprochement. Cette adhérence était encore obtenue par une ligne saillante assez forte, qui part de l'un de ces boutons pour rejoindre l'autre, après avoir fait tout le tour du moule à peu de distance des rebords, ligne qui devait se loger dans un sillon correspondant de l'autre moitié et empêcher tout déplacement latéral.

b) *Face extérieure.* — L'extérieur est orné. La partie supérieure est munie d'un grand anneau. Au-dessous, une cavité profonde, plus longue que large, entre deux fortes saillies ; celles-ci correspondant aux parties creuses de la face intérieure destinée à mouler les ailerons, celle-là au relief intérieur qui donnait l'évidement du talon. Deux lignes courbes en relief partent des bords vers le milieu, se rejoignent presque, puis se dirigent chacune vers un des angles de la base où elles se terminent par un globule assez gros.

L'on conçoit dès lors comment les deux parties du moule pouvaient être solidement tenues en contact : à la partie supérieure par un premier lien passant dans l'anneau, à la partie inférieure par un second lien passant au-dessus des boutons.

On s'accorde généralement aujourd'hui pour admettre que ces moules en bronze servaient à confectionner des modèles en cire. Ces modèles, sortis du moule, étaient ensuite entourés d'argile. Il suffisait de fondre la cire pour obtenir un second moule dans lequel on coulait le métal.

Le moule de Groix est dans un merveilleux état de conservation (Pl. III).

2. *Hache à ailerons et à anneau latéral* : longueur 0^{m},133, largeur au tranchant 0^{m},038, poids 315 grammes (Pl. III).

3. *Hache à ailerons et à anneau latéral* : longueur 0^{m},138, échancrée au tranchant, poids 324 grammes.

4. *Hache à ailerons et à anneau latéral* : longueur 0^{m},125, largeur au tranchant 0^{m},038, poids 305 grammes.

5. *Hache à ailerons et à anneau latéral* : longueur partielle, le talon manquant, 0^{m},118 ; largeur au tranchant 0^{m},040, poids 376 grammes.

Je mentionne pour mémoire une 5e *hache à ailerons et à anneau* dont le tranchant manque, hache qui n'est pas au musée.

Aucune des quatre haches à ailerons et à anneau dont je viens de donner les dimensions et le poids ne paraît provenir d'un moule issu de celui qui les accompagnait. Mais on sait combien les accidents au moment de la coulée, les manipulations postérieures, le martelage, peuvent modifier l'aspect et même les dimensions de deux objets ayant la même origine, sortant du même moule.

La hache à ailerons correspondant aux plats est un perfectionnement de la hache à talons et à œillet. Mais elle passe par des phases successives. D'abord les ailerons, peu développés, occupent la partie médiane de la hache. Dans la suite, ils se rapprochent de l'extrémité opposée au tranchant. C'est le cas des haches à ailerons de Groix (1). Elles précèdent immédiatement les haches à douille ronde et à tranchant élargi, qui les accompagnent d'ailleurs dans cette cachette. Cette filiation est rendue sensible ici même par l'ornementation des faces d'une des haches à douille qui simule des ailerons (2).

6. *Hache à douille ronde et à anneau latéral* de 0m,110 de longueur ; 0m,040 de largeur au tranchant et du poids de 250 grammes. Une barre sous le col. Au-dessous, deux lignes en relief simulent les ailerons des haches du type précédent dont celui-ci dérive. Profondeur de la douille 0m,080. Le tranchant plein a donc 30 millimètres (Pl. III).

7. *Hache à douille ronde et à anneau latéral* de 0m,101 de longueur ; 0m,045 de largeur au tranchant ; et du poids de 205 grammes. Une baguette sous le bourrelet.

Touchant cette baguette et au-dessous, sur les faces seule-

(1) On trouve parfois, mais plus rarement, un type d'instrument qui ne diffère de la hache à ailerons et à anneau latéral que par la position des ailerons, qui ne correspondent plus aux plats, mais sont au contraire placés sur les côtés, c'est-à-dire de profil ; dans ce cas, l'anneau est reporté sur l'un des plats. C'est l'erminette à ailerons. Un exemplaire figure au Musée de la Société Polymathique parmi les nombreuses pièces provenant de la cachette du Parc-aux-Bœufs, de Questembert. La cachette de Menez-Tosta, près du village de Kergaradec, dans la commune de Gouesnac'h (Finistère), contenait *trois erminettes à ailerons* et à anneau latéral et *deux erminettes à talons* accompagnées de haches à ailerons, à douille, et de fragments d'épées et de lances.

(2) Les dépôts de Bangor, Belle-Ile-en-Mer (Calastrène), de Guidel (Kergal) et Guidel (Kerhar) possèdent également des fragments de hache à douille qui offrent cette même ornementation consistant en lignes en relief simulant des ailerons sur les faces.

PL. III

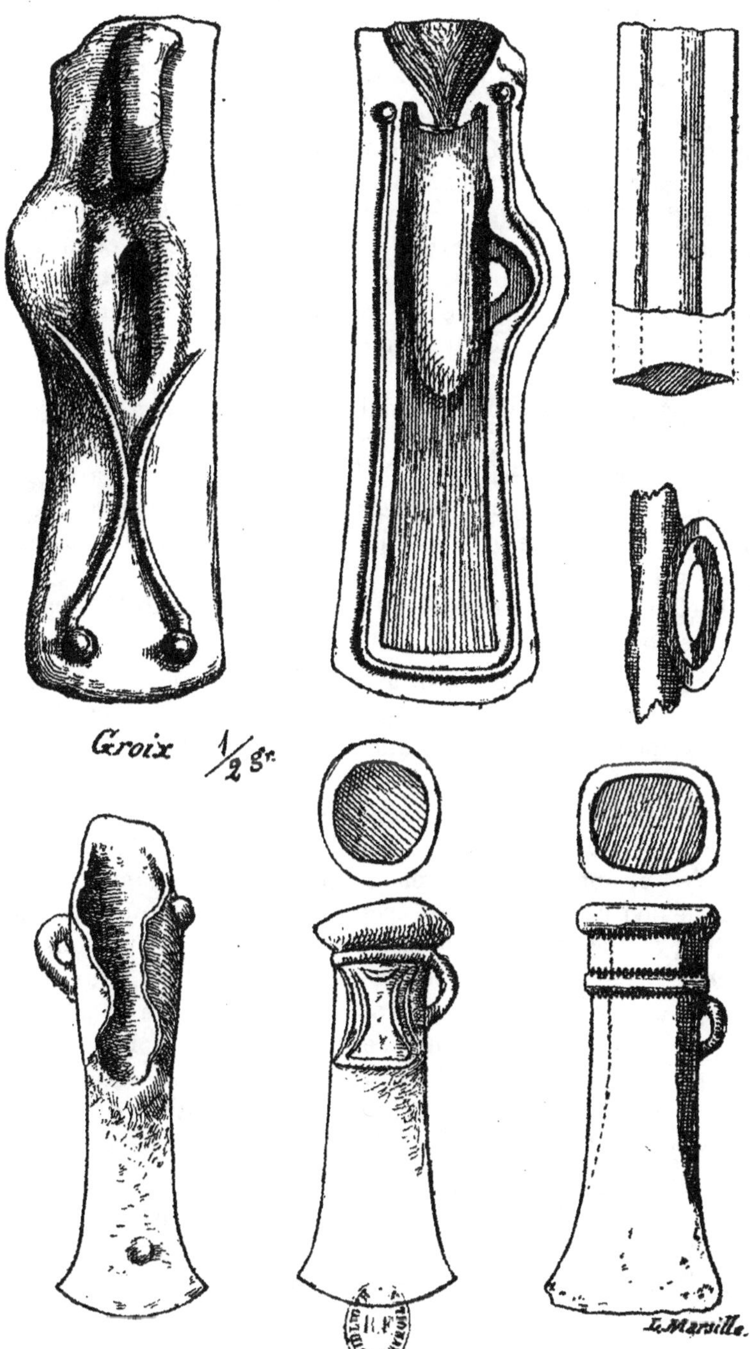

ment, existe un bouton en relief assez large, mais mal venu, aplati.

Le tranchant de la hache s'élargit brusquement.

8. *Hache à douille octogone peu nette, presque ronde, et à anneau latéral* de 0m,111 de longueur et du poids de 235 grammes, à tranchant très élargi dépassant 0m,046 : échancré. Entre le gros bourrelet formant le col et une petite barre placée plus bas existe tout autour de cet échantillon une plate-bande de 0m,01 de hauteur. A la base du bourrelet et des deux côtés de la barre, à leur base, on remarque une rangée de petites hachures faites au burin, très courtes et irrégulières.

La partie supérieure de l'œillet se greffe sous la barre : l'œillet est donc placé beaucoup plus bas que la normale. Les angles latéraux extérieurs de la hache sont rabattus davantage sur les profils que sur les faces, de telle sorte que la coupe donne un octogone avec les deux côtés correspondants aux plats prédominants.

Profondeur de la douille 0m,085, donc 0m,026 de partie pleine au tranchant (Pl. III).

9. *Fragment d'épée* mesurant 0m,08 de longueur et 0m,032 de largeur. Poids 97 grammes. Nervure médiane en demi-cercle aplati en anse de panier de 0m,01 de large et 0m,009 d'épaisseur.

M. le Dr Canu possède un autre fragment de la lame et la poignée. D'après une photographie qui m'a été communiquée, et autant que je puisse m'en rendre compte, nous sommes en présence d'une épée sans crans latéraux, à soie plate, avec légers rebords destinés à maintenir les plaques qui étaient fixées à la poignée par des rivets dont deux sont encore en place à la base même de la lame, un de chaque côté de la nervure médiane. Je reproduis cette poignée au bas de la planche précédente (Pl. II, no 9), au-dessous des haches et de l'épée de la cachette de Cornospital. La poignée est identique à celle de l'une des épées de Kergal en Guidel.

10. *Boucle?* (Pl. III). Un objet de bronze identique à ceux reproduits dans « l'Age du bronze » de John Evans sous les figures 493, 494, 495 des pages 431 et 432, et qu'il décrit ainsi : « C'est un tube qui offre un léger renflement aux deux bouts ;

sur un des côtés il porte une longue boucle étroite en métal plein, de section presque quadrangulaire, et sur l'autre, une ouverture ovale allongée... Cet objet a été trouvé avec des celts à douille, des couteaux, etc... dans la cachette du marais de Reach... Un second a son orifice par devant et non sur le côté opposé à celui de la boucle, dont la section est ronde cette fois. Un des bouts du tube est bouché avec un rivet de bronze. L'embouchure de l'ouverture ovale est rugueuse et n'a pas un rebord comme dans le cas précédent : dans le tube on voit des restes de bois, etc... » Celui de Groix, cassé aux extrémités, ne laisse pas deviner le renflement des deux bouts : la boucle est à section presque quadrangulaire, l'orifice très allongé, mais très étroit et rectangulaire, est du côté opposé ; dans le tube on voit des restes de bois. Ce qui nous reste du tube mesure 0m,06 de longueur, la boucle a 0m,047 de longueur et l'ensemble 0m,027 de largeur. Le poids est de 25 grammes, mais il manque un fragment de la boucle.

Une cachette de Ploudalmézeau (Finistère) contenait un de ces objets dont le tube était traversé par une tige de bronze de 0m,005 de diamètre, qui se rivait sur les deux extrémités plates du tube (1). MM. de Mortillet y voyaient un montant de mors de bride, bien faible dans ce cas. Évans est tout disposé à ranger cet objet dans la catégorie des agrafes. M. du Chatellier partageait cette manière de voir et en faisait avec lui une boucle de ceinturon.

11 à 15. 7 *culots de bronze.* Les cinq culots entrés au Musée de la Société Polymathique pèsent respectivement 1067-722-465-431-170 grammes. L'un des deux autres culots, dont je ne possède que la photographie, semble le quart d'un disque de 8 centimètres de diamètre.

La caractéristique de la cachette de Groix est l'association, en plusieurs exemplaires de chaque type, de haches à ailerons et de haches à douille ronde ou octogone — en même temps que l'absence de pointes de lances à douille — et le petit nombre d'objets divers. Elle termine donc cette phase

(1) Cette cachette de Ploudalmézeau contenait, outre cette boucle (?), 2 pointes de lances, 1 ciseau à soie, 1 gouge à douille, des fragments d'épée et de grattoirs (rasoirs ?), des disques étoilés, 1 bouterole d'épée, 1 extrémité de timon de char (V. infra le dépôt de Kerhar en Guidel), 1 fragment de faucille et quelques objets indéterminés, mais pas de hache, semble-t-il, d'après M. du Chatellier. (*Le bronze dans le Finistère.*)

de l'âge du bronze à laquelle appartiennent les quatre autres cachettes du Morbihan qui, outre des pointes de lances à douille et un grand nombre d'objets divers, renfermaient : à Questembert (Parc-aux-Bœufs) : 1 hache à talon et anneau, 20 haches à ailerons, 1 hache à douille ronde — à Guidel (Kergal) 2 haches à ailerons entières et nombreux fragments de haches à ailerons. Quelques fragments de haches à douille ronde dont une avec ailerons simulés par des lignes en relief comme ici (1) — à Guidel (Kerhar) 2 haches à ailerons, l'une fragmentée, et fragment d'une hache à douille avec ailerons simulés — à Bangor (Calastrène) 2 haches à douille ronde et œillet, dont l'une avec ailerons simulés par des lignes en relief.

Mais ce qui fait l'intérêt exceptionnel de la trouvaille de Groix, bien moins importante que les quatre autres, quant au nombre des objets, c'est l'extrême rareté de deux de ses pièces : le moule de bronze et la boucle. Ce serait, d'après les listes de M. Déchelette, le *15e moule en bronze pour haches à ailerons* trouvé en France et le 2e seulement pour la Bretagne : l'autre viendrait de Saint-Philibert de Grand-Lieu (Loire-Inférieure). Dans tous les cas, je ne crois pas que le Finistère, le département de France de beaucoup le plus riche en trouvailles de l'âge de bronze, ait donné un seul moule en bronze. Il en est de même de la boucle, qui n'a été rencontrée qu'une fois dans l'un des 102 dépôts du Finistère : celui de Ploudalmézeau (2).

Le trésor de Castelguen, en Brandivy

Le petit village de Castelguen est situé entre les communes de Brandivy et de Plumergat, mais sur le territoire de la première, par conséquent dans l'arrondissement de Vannes (canton de Grandchamp). Un petit chemin sépare au sud les maisons du village d'une lande en déclive qui porte le nom de Parc-Lan-Bihan. Au commencement de l'année 1910, une

(1) Les haches à douille ronde de Kerhar et de Kergal en Guidel n'ont pas été signalées parce que fragmentées. Leurs débris parfaitement reconnaissables sont mêlés aux « objets divers ».

(2) On ne signale dans le Finistère que les six moules *en pierre* du dépôt de Hanvec, dont 5 pour haches à talon et 1 pour pointes de lance.

voiture passant par ce chemin mit à jour, au pied du talus qui entoure la lande, un vase en terre grossière rempli de haches à douille et à anneau latéral. Lorsque la nouvelle de cette découverte parvint à notre collègue le général Graff, maire de Plumergat, quelques haches avaient été emportées par des curieux, d'autres avaient été cassées par des enfants. Le secrétaire de la Société Polymathique se rendit acquéreur pour le Musée de tout ce qu'il put retrouver, à savoir : 22 haches intactes, 4 ou 5 fragmentées, et quelques débris du vase. Ces haches, toutes du plus grand modèle — longues de 0m,138 à 0m,150 et d'un poids oscillant entre 438 et 550 grammes — toutes ornées, étaient au nombre d'une trentaine, sans qu'il me soit possible de préciser davantage. Leur poids moyen permet de donner à l'ensemble de la cachette un poids total de 15 kilos au minimum. C'est, à peu de chose près, le poids des objets de la cachette de Kermarie-Gournava, en Pleucadeuc. J'ai souvent constaté que le poids du métal enfoui de beaucoup de dépôts se rapprochait de ce chiffre.

Je donne ici la description de chacune de ces haches. Le premier chiffre après le numéro d'ordre est la longueur totale, le second la largeur du tranchant, le troisième le poids.

1. — 146. 42. 507. — Hache à douille rectangulaire et à anneau latéral avec bourrelet à l'orifice et deux cordons sous le bourrelet et sur les quatre côtés. La douille ne mesure que 0m,115 de profondeur, le vide s'arrête donc à 0m,031 de l'extrémité extérieure du tranchant, qui est ici un peu ébréché.

2. — 147. 43. 501. — Hache à douille dont les angles intérieurs sont franchement arrondis. Une seule barre sous le bourrelet du col et sur les 4 côtés. Les plats portent quatre lignes droites en relief ou nervures ténues, équidistantes, chacune terminée par un point rond, en relief également, situé à 0m,067 du tranchant. Les nervures extrêmes de chaque côté sont placées sur les angles. La douille mesure 0m,115 de profondeur. Elle se termine donc à 0m,032 du tranchant.

3. — 141. 49. 525. — Hache semblable, mais avec la douille carrée à angles intérieurs arrondis et les nervures plus longues puisqu'elles s'arrêtent à 0m,055 du tranchant.

PL. IV

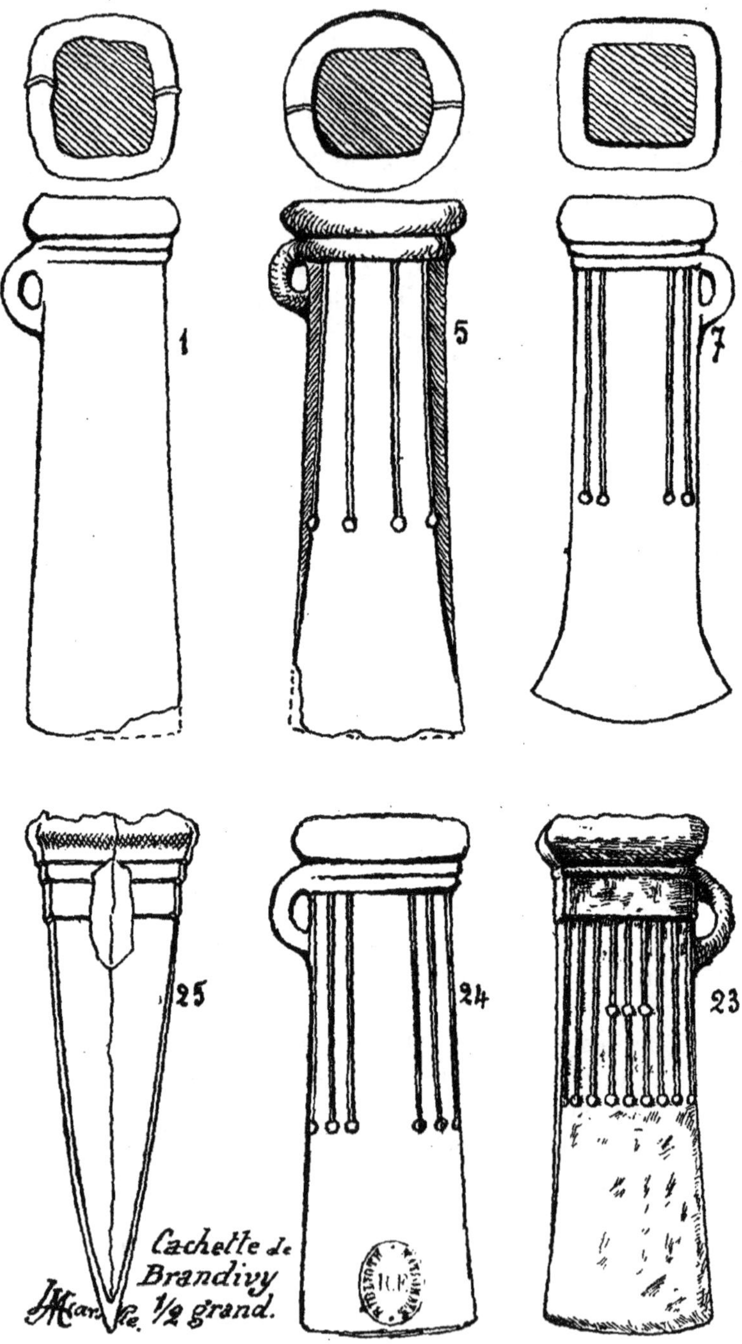

4. — 143. 44. 516. — Hache semblable, à douille carrée. Les boutons terminant les 4 nervures s'arrêtent à $0^m,61$ du tranchant.

5. — 148. 47. 525. — Hache semblable. Les bords extérieurs du bourrelet donnent en projection un cercle dans lequel s'inscrit le carré de la douille. La barre située sous le col, des 4 côtés, est d'une forme spéciale et très accentuée, de coupe triangulaire. Les nervures s'arrêtent à la moitié précise des plats, la dimension étant prise du tranchant jusque sous la barre. La douille a $0^m,115$ de profondeur. Tranchant échancré. Autre observation particulière : les côtés au lieu d'être plats présentent une double pente ; en d'autres termes, ils sont formés de deux plans dont l'angle est assez accentué, si bien que la coupe extérieurement représente un hexagone dont deux côtés (ceux correspondant aux plats) seraient plus développés. En conséquence, les parois intérieures de la douille correspondant aux côtés sont concaves et les autres droits. Le fait a déjà été signalé. (Évans, op. cit. 133.)

6. — 145. 45. 526. — Hache dont l'ornementation est un peu différente. Sous le col, une plate-bande de $0^m,010$ existe sur les 4 côtés. Les faces portent également 4 nervures équidistantes terminées par des points, le tout en relief comme pour les précédentes, mais les deux nervures extrêmes, de chaque côté, sont placées non plus sur les angles mais à une distance qui varie entre $0^m,002$ et $0^m,005$. Les boutons sont à $0^m,055$ du tranchant.

7. — 142. 53. 438. — Hache à douille rectangulaire avec deux barres sous le bourrelet des 4 côtés. Les 4 nervures sont groupées deux par deux, les deux groupes séparés par un large espace médian lisse et les nervures extrêmes de chaque côté vers l'extérieur à une petite distance des angles. Le tranchant élargi (martelé ?).

8. - 147. 49. 524. — Hache semblable à la précédente, mêmes observations.

9. — 150. 43. 492. — Hache à douille carrée dont les angles intérieurs sont arrondis, avec une seule barre sous le col des 4 côtés. Dans un groupe, 2 nervures sont très rapprochées.

Et sur un plat les 4 petits boutons terminaux ne sont pas sur une même ligne droite. Cette hache est la plus longue, $0^{m},15$. Le vide intérieur s'arrête à $0^{m},04$ de l'extrémité, ce qui constitue un maximum, bien rarement signalé, de hauteur de la partie pleine du tranchant.

10. — 147. 43. 496. — Hache à douille carrée dont les angles sont arrondis, avec une barre sous le bourrelet très gros et de 4 côtés. Sur les plats, 4 nervures groupées 2 et 2 mais se prolongeant jusqu'à $0^{m},054$ du tranchant et terminées par des points peu saillants. Les nervures extrêmes sur les angles mêmes.

11. — 149. 50. 520, — Hache à douille rectangulaire. Le bourrelet est gros, la barre située au-dessous est également forte. Sur les plats, 5 nervures équidistantes terminées à $0^{m},067$ du tranchant par des points en relief. Les nervures extrêmes sont à une très petite distance des angles.

12. — 146. 46. 505. — Hache à douille carrée dont les angles sont très arrondis. Une seule barre sous le bourrelet. Les 5 nervures équidistantes avec points à $0^{m},059$ du tranchant. Les nervures extrêmes de chaque côté sont sur les angles. La douille va jusqu'à $0^{m},027$ du tranchant.

13. — 145. 46. 505. — Hache semblable à la précédente, sauf la douille rectangulaire.

14. — 141. 43. 478. — Hache à douille rectangulaire. Sous le col, deux barres peu apparentes et sur 3 côtés seulement. Elles semblent manquer sur le profil côté œillet. Celui-ci est attaché très haut sous le col. L'ornementation des plats consiste en 6 nervures très courtes dont les points terminaux s'arrêtent à $0^{m},077$ du tranchant. Comme dans la plupart des autres haches, le vide intérieur mesure $0^{m},115$, laissant ici $0^{m},026$ de métal plein au tranchant.

15. — 143. 51. 514. — Hache à douille carrée avec angles arrondis. Deux barres ou cordons sous le bourrelet du col et sur 4 côtés. 6 nervures groupées 2, 2, 2, et terminées par des points ronds plus gros que dans les modèles précédents : $0^{m},004$ de diamètre. Les deux nervures médianes sont plus courtes que les nervures des deux groupes latéraux ; les boutons des premières s'arrêtant à $0^{m},084$ du tranchant et

ceux des secondes à 0m,063. Au milieu du vide laissé par le groupe médian plus court et à hauteur des boutons des groupes latéraux, un septième bouton isolé.

Les nervures extrêmes sont sur les angles. Le tranchant légèrement évasé.

16. — 147. 49. 480. — Hache semblable à la précédente : le poids plus léger s'explique par l'enlèvement de quelques éclats au tranchant et l'état d'un des plats qui est ajouré.

17. — 148. 45. 507. — Hache à douille quadrangulaire. Une barre sous le col des 4 côtés. Sur les faces, 7 nervures groupées 2. 3. 2 et terminées, comme toutes, par des points en relief. Les 3 nervures du groupe médian ont leurs points à 0m, 062 du tranchant, les 2 nervures de chaque groupe latéral arrêtent les leurs à 0m, 055. Les nervures extrêmes sont sur les angles.

18. — 146. 47. 550. — Hache à douille carrée. Le bourrelet est de coupe triangulaire. Au dessous, un cordon sur les 4 côtés. Sous le cordon, une plate-bande de 0m,012 de hauteur tout autour de la hache. 7 nervures équidistantes partent de la base de la plate-bande et arrêtent leurs boutons à 0m 060 du tranchant. Les nervures extrêmes sont à une petite distance des angles.

19. — 143. 46. 510. — Hache semblable à la précédente.

20. — 138. 44. 490. — Hache semblable à la précédente : une échancrure au tranchant explique le poids un peu plus faible que celui des deux suivantes sorties du même moule.

21. — 138. 45. 502. — Hache semblable à la précédente.

22. — 139. 45. 508. — Hache semblable à la précédente. La partie supérieure de l'anneau présente une gorge comme si la hache avait été portée longtemps suspendue. Ces trois dernières haches sortent incontestablement du même moule.

23. — Fragments d'une hache à douille offrant comme ornementation 9 nervures équidistantes, les extrêmes sur les angles, de même longueur et terminées par des points. Les 3 nervures centrales portent en plus, vers leur milieu, un autre bouton chacune.

24. — Fragments d'une hache avec 6 nervures en deux groupes de trois, les extrêmes sur les angles.

25. — Fragments d'une hache dont le col se rapproche de celui des nos 18 à 22, avec bourrelet, barre et plate-bande.

26. — Fragments d'une hache avec 4 nervures comme les nos 2 à 5.

Parmi les fragments : un *tranchant* en bon état appartenant à une de ces quatre dernières haches mesure 0m, 043 de largeur et 0m, 040 de hauteur, c'est-à-dire de métal plein, ce qui est exceptionnel — un *bourrelet* n'ayant pas, au moins sur les côtés, de baguette placée au-dessous peut être celui des nos 24 ou 26 ?

Comme on le voit par cette énumération, le dépôt de Castelguen présente un intérêt tout à fait exceptionnel. Son intérêt découle de la rareté des haches de ce type et surtout de leur similitude extraordinaire entre elles.

Je constate d'abord que toutes les haches de Castelguen sans exception appartiennent à un même type : le plus grand (leur longueur moyenne est de 0m, 145), le plus beau, le plus rare. Toutes sont ornées. Une seule, en effet, ne porte pas d'ornementation sur les plats, mais par sa taille et l'existence d'une double baguette sous le bourrelet elle constitue un type aussi rare que les autres. Cette double baguette réalise aussi bien d'ailleurs un système d'ornementation. Pour toutes, sauf une, l'ornementation, bien que variée, se ramène à une combinaison de lignes droites saillantes et de points ou globules. Bien que sorties d'au moins 17 moules différents, si l'on tient compte des éclats enlevés, toutes ont sensiblement le même poids à quelques grammes près. Le poids moyen des 15 haches en meilleur état est de 512 grammes. L'épaisseur du métal, qui est de 0m, 003 à hauteur de la base de l'anneau, va en augmentant très régulièrement pour atteindre 0m, 007 ou 0m, 008 à hauteur du fond de la douille. La partie pleine du tranchant, entre son extrémité et le fond de la douille, est d'une longueur variable, mais exceptionnelle, oscillant entre 0m, 026 et 0m, 040.

Quelques échantillons présentent une trace d'usure sur les angles immédiatement au dessous du bourrelet ou de la baguette.

L'une des haches, le no 22, montre des traces d'usure sur l'anneau. Elles ne proviennent pas de la défectuosité du moule, puisque deux autres haches identiques, sorties du même moule, ne possèdent pas cette gorge. Seraient-ce les traces du lien qui la retenait au manche? Une autre, le n° 7, a le tranchant élargi et se rapproche par conséquent d'un type antérieur. Un certain nombre ont la douille arrondie comme préparée pour l'emmanchement. Aucune n'est remplie, comme dans beaucoup de cas, de métal ou d'argile cuite. Si quelques exemplaires ont encore les bavures du moule, on ne peut néanmoins conclure que les haches de Brandivy n'étaient pas destinées à l'usage. Je vais même plus loin et je crois pouvoir dire qu'aucune cachette de haches à douille quadrangulaire n'a donné autant d'arguments en faveur de l'utilisation possible de ces objets.

Cependant, sans m'arrêter, puisqu'elle n'existe pas ici, à une preuve contraire tirée de ce fait que parfois des haches du même type sont ornées au tranchant, qu'on ne pouvait dès lors ni aiguiser ni marteler (1) — preuve qu'elles n'étaient pas destinées à l'usage — je dois reconnaître le doute qui naît à l'examen de l'alliage et de sa composition.

On voit des vacuoles, quelquefois de la grosseur d'un pois, traversant par conséquent presque toute l'épaisseur du métal vers le tranchant. Ces cavités sont nombreuses : on les retrouve sur toutes les sections des fragments.

J'étais très curieux de savoir ce que l'analyse apprendrait.

Je ne pouvais sacrifier des objets aussi rares et aussi beaux que les haches complètes de Castelguen. D'ailleurs on ne m'eût pas autorisé à le faire. Par bonheur notre Musée possédait de nombreux fragments appartenant à un certain nombre d'exemplaires cassés — on voit par là l'intérêt qu'il y a à ne rien négliger et à recueillir d'une trouvaille les morceaux les plus petits, les objets qui au premier abord paraissent le plus dénués d'intérêt. — J'ai tâté tous ces fragments à la lime. Mon premier examen avait été superficiel et j'ai dû le recommencer quand je me suis aperçu que souvent le métal changeait de couleur au fur et à mesure que l'outil

(1) *Cachette de Saint-Honoré en Plogastel-Saint-Germain* (*Finistère*). Une hache à douille est ornée au *tranchant* de deux cercles en relief avec point au centre. — *Cachette de La Ruais en Plurien* (*Côtes-du-Nord*). Une hache présente au tranchant, sur une face seulement, la même ornementation : double cercle avec point. Une autre est ornée sur les deux faces, près du tranchant, de deux cercles concentriques avec points, et sous la baguette du col, de deux autres figures semblables, etc.

pénétrait davantage. Attaqué profondément, l'alliage se montrait d'autant plus doux à la lime qu'il était plus rouge, d'autant plus dur qu'il était plus jaune. J'ai choisi à cause de leur homogénéité apparente — le métal n'ayant pas sur une bonne épaisseur laissé voir de variations successives de coloration — un col de hache où l'alliage se montrait très rouge, et le tranchant jaune pâle d'une autre hache ; ce dernier par sa couleur très pâle et son excessive dureté me paraissait contenir une forte proportion d'étain. Ce col et ce tranchant ont été envoyés au laboratoire d'analyses métallurgiques de Saint-Nazaire dirigé par M. Campredon.

	Col de hache en métal rouge	Tranchant de hache en métal jaune pâle
Cuivre	88.96	71.72
Étain	5.18	24.52
Plomb	3.04	0.30
Fer	0 ou tr	0 ou tr.
Zinc	0	0
Antimoine	0	0
Oxygène et matières terreuses	2.82	3.46
	100.00	100.00

J'ai lieu de croire que je suis arrivé au résultat que je cherchais : connaître la composition des haches placées aux extrêmes de la série. La première de couleur rouge est en bronze pauvre, surtout pour une région riche en étain. Une teneur moindre en étain n'a été signalée dans la hache à douille quadrangulaire que lorsque l'alliage contenait une forte proportion de plomb. Or, le plomb n'entre ici, et c'est là encore une exception, que dans une proportion très faible. La seconde, de couleur jaune, a une proportion d'étain très forte, anormale. Je ne connais comme hache à douille qu'une petite hache de Maure-de-Bretagne (Ille-et-Vilaine) qui a révélé une teneur en étain un peu inférieure mais s'en rapprochant : 21.50 de Sn. pour 70 de Cu. et 8.50 de Pb. Il est incontestable que pendant une longue période antérieure à celle de la fabrication de la hache à douille, la hache (à bords droits, puis à talons) est en bronze normal, c'est-à-dire avec une teneur de 10 à 15 % d'étain. Comment expliquer que postérieurement, c'est-à-dire à une époque où les procédés métallurgiques se sont grandement perfectionnés, l'ouvrier, si soigneux de la forme extérieure, de l'ornementation de ces belles haches, se montre si négligent dans la composition de l'alliage, puisqu'il y introduit des quantités anormales ici d'étain, ailleurs de plomb, qui, diminuant la ténacité du métal, en diminuent par conséquent la valeur comme arme ou comme outil (1) ?

Ce n'est pas par économie, comme on a voulu le croire un moment, que le fondeur a, suivant les cas, diminué la proportion de l'étain — puisque, à côté, dans une hache de la même cachette, il en mettait deux fois trop — ou introduit un nouveau métal : le plomb — puisque la quantité d'étain alliée au plomb et au cuivre était souvent suffisante pour obtenir un bronze excellent, comme le prouve une des analyses suivantes faites par M. le Ct Le Pontois sur deux haches à douille quadrangulaire de la trouvaille de Kervenou-Pouldu en Clohars-Carnoët (Finistère, en bordure du Morbihan). D'ailleurs l'ouvrier habitait une contrée particulièrement riche en alluvions stannifères.

	Hache en métal rouge doux à la lime	Hache en métal jaune dur à la lime
Cuivre	63.40	71.00
Étain..........	6.30	12.90
Plomb..........	28.00	15.70
Fer............	tr.	tr.
Alumine et pertes.	2.30	0.40
	100.00	100.00

S'il faut en conclure que les haches à douille quadrangulaire et à lame longue et étroite de nos cachettes armoricaines n'étaient pas destinées à l'usage, quelle pouvait bien être alors leur destination ? *Objets votifs* — ou *instruments d'échange ?* Je traiterai plus longuement la question à propos de la découverte toute récente de la *cachette des haches à*

(1) Voir les analyses du Dr Chassaigne et de M. Chesneau. Et les articles de M. Gustave Chauvet. Ass. franç. pour l'avancement des sciences, congrès de Grenoble 1904. Bull. Soc. arch. et hist. de la Charente. Thèse du premier sur les analyses de bronzes anciens de ce département, etc...

douille en plomb de Kermarie-Gournava en Pleucadeuc (Morbihan).

La photographie ci-jointe reproduit à une échelle *légèrement inférieure à la demi-grandeur* et dans l'ordre suivant les Nos 8, 5, 13, 17, 15, 22. J'ai dessiné en moitié grandeur sur une planche les Nos 1, 5 et 7 avec leurs orifices, de forme différente, en projection, et reconstitué, d'après les fragments, les Nos 23, 24 et 25. Cependant je n'ai pas la certitude absolue que la face portant 9 nervures, dont 3 médianes avec points au milieu et à l'extrémité, face que nous possédons presque entière, fût surmontée de la plate-bande, barre et bourrelet, que je lui ai attribués d'après les Nos 18 à 22 qui s'en rapprochent le plus. J'ai dessiné le No 25 de profil, ignorant quelle était l'ornementation des plats. On constatera que le No 7 de la planche ne diffère du No 8 (No 1 de la photographie) que par la longueur des nervures et l'élargissement du tranchant. Les haches qui ne sont pas représentées ne diffèrent pareillement des types reproduits que par la longueur des nervures, toujours terminées par des globules.

⁂

John Évans signale une grande hache à douille ornée de quatre nervures terminées par des petits boutons dans la collection de M. Greenwell. Elle provient des environs de Lorient (Morbihan). Il reproduit dans son ouvrage plusieurs spécimens du même type trouvés en Angleterre (1).

Quelques cachettes des Côtes-du-Nord contenaient des haches identiques à celles de Castelguen par leur taille et leur ornementation. Telles celles de La Moussaye en Plénée-Jugon, de La Ruais en Plurien et de Plouha. Mais elles y étaient en petit nombre, surtout en proportion du nombre total des haches (2).

Je ne puis pas dire si par quelque détail de leur ornementation certaines haches de Castelguen ne constituent pas des

(1) John Évans. *L'âge du bronze*, p. 133.

(2) Trésors de l'Armorique — et Bull. Soc. Émul. Côtes-du-Nord, 1888, p. 39. Sur les 900 ou 950 haches de La Ruais, 23 seulement sont ornementées. Trois se rapprochent des nôtres comme ornementation.

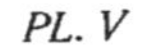

PL. V

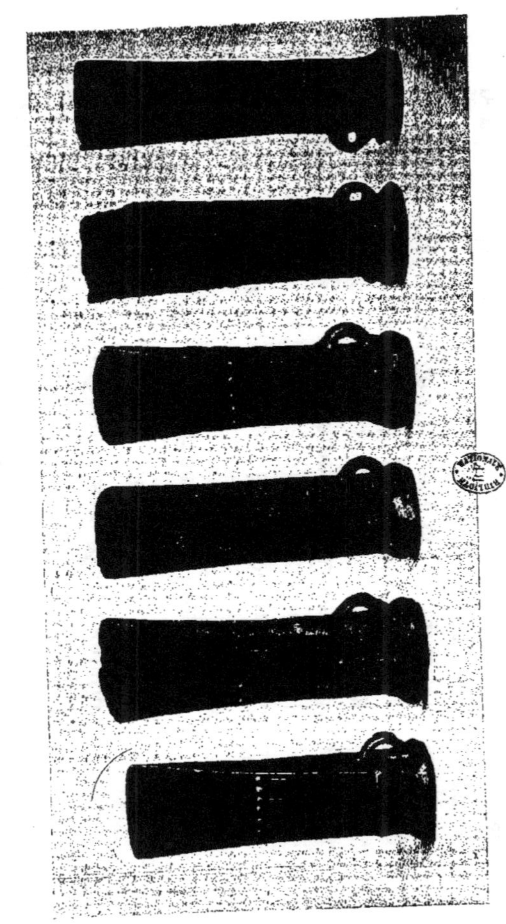

spécimens nouveaux que l'on n'aurait pas encore rencontrés en Armorique. Mais ce que je puis dire c'est que par la beauté des haches qu'elle renfermait, leurs dimensions, leur poids et surtout par le nombre des pièces ornées (*la totalité*), cette cachette de Brandivy, rare entre toutes, mérite bien le nom de « *trésor* » que l'on donne parfois à ces dépôts.

Dépôt de Governe, en Kerfourn

« Ma seule trouvaille de bronze, m'écrit notre collègue M. Le Brigand, a été au village de Governe en Kerfourn, canton de Pontivy.

Cette cachette renfermait 31 haches à douille quadrangulaire et à anneau latéral, en bronze, sans ornementation. »

Dépôt de Lanénec, en Plœmeur

Ce dépôt m'a été signalé par M. le commandant Le Pontois. On lui apporta un jour 7 ou 8 haches à douille quadrangulaire, du type le plus commun, toutes brisées. Elles avaient été trouvées à la queue de l'étang de Lanénec (Lan-Ninnoch, XIIe s. — D. Morice. 1. 182), près du village de Kervinio, à la limite des communes de Plœmeur et de Guidel, mais sur le territoire de la première. Les haches étaient en plus grand nombre, mais le dépôt avait été bouleversé et les objets brisés par le passage des voitures.

Dépôt de Kercadoret, en Belz

Les pages qui suivent, consacrées aux quatre dépôts de *Kercadoret* en Belz, de *Kerhor* en Quéven, de *Kermaric-Gournava* en Pleucadeuc, et de *Branrue* en Nivillac, pourraient être réunies sous ce titre spécial : *Le plomb dans les dépôts de l'âge du bronze du Morbihan.*

La découverte de *70 haches à douille quadrangulaire, à anneau latéral et à lame longue et étroite* à Kercadoret, dans la commune de Belz (Morbihan), fut signalée au cours de l'année 1888 à M. Le Mené, conservateur du Musée archéologiqne de la Société Polymathique, par M. l'abbé Le Poder. Il en est fait mention dans le procès-verbal de la séance du 29 mai 1888 — et dans l'*Histoire des paroisses du diocèse de Vannes*, t. I, p. 57 — mais elle est demeurée inaperçue.

Les 70 haches furent exhibées au cours d'une séance postérieure, et vendues aux membres présents. Il en reste seulement 12 au Musée de la Société. J'en ai retrouvé 4 autres chez M. Léon Lallement. Cet éparpillement est regrettable. D'abord le dépôt perd toute sa valeur. Puis l'examen d'un objet isolé peut conduire à des conclusions très fausses. Ici il faut regretter tout spécialement que les 70 haches de la cachette de Kercadoret en Belz n'aient pas été toutes achetées pour notre Musée. D'abord parce qu'il y en avait d'ornementées qui ont dû être les premières choisies par les acquéreurs. Ensuite parce que, parmi celles qui sont parties, il y en avait peut-être en plomb.

Voici les faits qui autorisent ces suppositions.

J'ai examiné les 16 haches provenant de ce dépôt (12 à la Société Polymathique et 4 chez M. Léon Lallement). Toutes appartiennent au type si commun des haches armoricaines à douille quadrangulaire, à anneau latéral, et à faces longues et étroites. Beaucoup sont ajourées, avec les bavures du moule très apparentes, et quelquefois le noyau d'argile cuite encore dans la douille. Leurs dimensions sont celles des haches si abondantes de 125 millimètres de longueur moyenne et 34 millimètres de largeur au tranchant. Les unes ont une baguette placée sous le col et sur les 4 faces, les autres n'ont la baguette que sur les côtés correspondant aux faces.

Mais il faut mentionner tout particulièrement parmi ces 16 haches :

1° Une hache du Musée, longue de 0m,124, qui porte sur les plats seulement une petite baguette au-dessous du col. Et, ce qui est exceptionnel, c'est que cette baguette, au lieu d'être placée immédiatement sous le bourrelet, est séparée de celui-ci par une plate-bande de 0m,005 de hauteur. 3 nervures ou lignes en relief terminées par des points également en relief partent de cette baguette et s'arrêtent à 0m,027 d'elle. L'une de ces nervures est sur le milieu de la lame, les deux autres sur les angles.

2° Une hache de 0m,128 de longueur et 0m,034 de largeur au tranchant offre sur les deux faces, entre le bourrelet et la baguette située au-dessous, une protubérance plus ou moins hémisphérique, irrégulière, mal venue, de 0m,009 environ d'épaisseur et largeur. Sur une face, cette protubérance passe par-dessus la baguette et descend un peu au-dessous. Les côtés n'ont absolument rien que le bourrelet du col, même pas la baguette. Je répéterai ce que j'écrivais déjà à propos d'une hache à talon trouvée à Kerboulou, près Le Trévoux (Finistère), et qui montrait immédiatement au-dessous de la base des talons deux protubérances ovoïdes : est-ce une maladresse du fondeur, est-ce une défectuosité du moule ? Cependant un certain nombre de haches à douille ronde et à tranchant élargi de la phase précédente portent un bouton sur chaque face, précisément à cette place.

3° Une des 4 haches appartenant à M. Léon Lallement a, toujours au même endroit, de fortes saillies qui la rapprochent de la précédente, mais avec moins de netteté.

4° Enfin, ce qui par-dessus tout me fait regretter la disparition de 54 des haches de Belz, c'est que 5 des 12 entrées au Musée de la Société Polymathique sont en *bronze plombeux*. Leur patine blanchâtre, l'aspect violacé du métal sur une cassure, leur poids, et plus encore leur désagrégation lente prouvent la présence du plomb en très grande proportion. Je parlerai des haches de Branrue, en Nivillac, faites d'un alliage de 9 parties de plomb pour 1 de cuivre, et qui sont aujourd'hui à l'état de grenaille métallique. Ici la proportion de plomb n'est certes pas aussi forte. Mais ces haches sont à rapprocher de celles de Plounéour-Lanvern (Finistère) qui contenaient 29,90 — 43,90 — et même 75, 12 % de plomb.

⁂

Le Musée de la Société Polymathique possède encore une hache à douille quadrangulaire et à anneau du même type que les précédentes, trouvée à Riec, dans la même commune de Belz (n° 74 du catalogue de 1881). Elle lui fut donnée par M. de Keranflech. Je ne sais si elle provenait d'un dépôt. Une hache à douille et à œillet appartenant au Musée de la Société Polymathique et provenant de Questembert possède les mêmes dimensions que celles de Belz. Elle est ornée d'une seule ligne en relief très ténue, partant de la baguette et suivant le milieu de chaque face. Cette ligne longue de $0^m,038$ se termine par un point également en relief. Dimensions de la hache : longueur, $0^m,123$; largeur au tranchant, $0^m,031$; poids, 161 grammes.

Des haches à douille quadrangulaire de même taille, ornées de 3 lignes en relief terminées par des points, ont été signalées dans le dépôt de Kerhon, en Roudouallec (Morbihan), dans celui de Kervenou-Pouldu, en Clohars-Carnoët (Finistère), etc. Il en existe encore une ou deux dans le lot de provenance inconnue exposé dans une vitrine de la salle du bronze de notre Musée...

Dépôt de Kerhor, en Quéven

Ce dépôt ne contenait-il pas des haches à douille en plomb ? La seule mention qui en ait été faite jusqu'ici est celle du *Répertoire archéologique du Morbihan*, de Rosenzweig, à l'article *Quéven*. Voici ce qu'il en dit : « Près de Kerhor, découverte en 1822 de vases en terre contenant des cendres et des coins en cuivre dont chacun renfermait un petit *lingot de plomb*, le tout symétriquement disposé sous un énorme bloc de granit. (Archives de la Société, note de M. Charles de Fréminville.) »

J'ai eu la curiosité de rechercher cette note. Je l'ai retrouvée, malheureusement sans les planches qui primitivement l'accompagnaient. « Il existait en 1822, dit l'ingénieur de Fréminville, dans la commune de Quéven, et près d'un petit hameau nommé Kerhor, un monument... de la forme la plus grossière. C'était une énorme pierre couchée sur le sol : son grand axe était dirigé à très peu près de l'est à l'ouest : deux petits blocs étaient placés sur la face située au midi. Ce bloc a été entamé en 1822 par des carriers qui l'ont débité en petits morceaux..., et quand le terrain qu'elle recouvrait fut mis à nu, les ouvriers furent fort étonnés de trouver à fleur du sol deux vases en terre cuite grossièrement faits et un certain nombre de coins en cuivre... Les vases renfermaient des cendres très légères et d'une couleur brune.

Les coins se trouvaient à 10 centimètres au-dessous de la surface du sol ; ils présentent une disposition remarquable : *au fond du coin est un lingot de plomb au centre duquel se trouve un canal ou conduit* ; l'espace vide qui restait autour du lingot était, dit M. Lebeau, conducteur des ponts et chaussées qui s'était rendu sur le lieu de la découverte, « plein de mastic et de ciment ». Il résulterait de cette découverte que les coins, dont on ignore l'usage et que l'on rencontre souvent en grand nombre et sous mille dimensions, étaient des vases ; mais de quelle espèce ? cela reste à déterminer. »

Je ne reproduis cette dernière phrase qu'à cause des lignes qui suivent et qui laisseraient supposer que la hache présentée dans la suite à M. de Fréminville était en plomb : « J'ai vu, ajoute-t-il, ce singulier petit vase *de plomb*. Il est fait avec une grossièreté remarquable, mais il ne paraît pas qu'il ait jamais rien renfermé. Quant au mastic qui remplissait tout l'intérieur du coin, il m'a semblé consister tout simplement en terre à brique ordinaire. »

Quant aux lingots de plomb percés au centre d'un canal ou conduit, ne seraient-ce pas tout simplement des portions de haches à douille en plomb ? Je décrirai plus loin sous le nº 18 des objets en plomb de la cachette de Kermarie-Gournava, en Pleucadeuc, un lingot de coupe rectangulaire présentant à la partie supérieure une petite cavité et que je considère comme un fragment de hache presque pleine. D'autre part, comme je le rappellerai en finale de ce travail, une hache en bronze du dépôt de Creach-Calliec, en Briec (Finistère), avait dans la douille un tranchant de hache en plomb du même type.

Le dépôt de haches en plomb de Kermarie-Gournava en Pleucadeuc

Le 18 mai 1913, je rencontrais à Malestroit M. Émile Talvande, le grand industriel nantais, qui m'apprenait que son fermier de Kermarie venait de découvrir une cachette d'objets en *plomb*. Le lendemain j'étais sur l'emplacement de la découverte : un champ sous labour dont la pente pas trop accentuée descend jusqu'à un ruisselet, champ situé à un kilomètre à l'est de l'étang de Gournava, à 100 mètres à l'ouest des bâtiments neufs de la ferme de Kermarie.

Quelques mois auparavant, un hersage, par conséquent un travail superficiel, avait mis au jour deux haches à douille que le cultivateur avait négligemment posées sur le talus le plus voisin. Dans les premiers jours de mai, au cours d'un labour après des pluies persistantes, la charrue éventrait la cachette. Le dimanche suivant, le domestique de la ferme prenait une petite pioche et recueillait tout ce qu'il pouvait trouver de morceaux de métal : au total 56 pièces ou fragments pesant ensemble 15 k. 736.

Les circonstances de la découverte autorisent déjà deux conclusions :

1°) Je ne crois pas posséder la totalité de ce dépôt. En effet, ce champ est sous labour depuis 15 ans, le fermier actuel ne le cultive que depuis 4 ans, un travail superficiel comme celui de la herse atteint les objets placés à la partie supérieure du dépôt. Il est donc fort probable qu'au cours des travaux antérieurs durant une période de temps aussi longue, la charrue a dû rejeter aux alentours bien des fragments. On en trouvera peut-être, ainsi disséminés. Peut-être aussi les fermiers précédents ont-ils recueilli quelques haches ou lingots, ce que j'ignore.

2°) Le dépôt ayant été éventré par le soc de la charrue, on conçoit qu'aucune observation n'a pu être faite sur la façon dont les objets étaient placés. Étaient-ils protégés : par un vase? je ne le crois pas, aucun tesson de poterie n'ayant été remarqué ; par une pierre plate? peut-être, mais elle n'existait plus, ayant pu être enlevée au cours du défrichement. On imaginera facilement l'état lamentable dans lequel me sont parvenues la plupart de ces haches faites d'un métal mou, enfouies dans le sol depuis tant de siècles et à si peu de profondeur, en contact depuis 15 ans avec des fumures successives et enfin brutalement exhumées par le soc d'acier.

Je donne ci-après, avec quelques détails, la liste des objets qui m'ont été remis : d'abord les haches et les lingots en plomb pur, ensuite les haches et les culots dans la composition desquels entre une quantité assez faible de cuivre, le plomb restant le métal dominant.

Haches en plomb de Pleucadeuc.
Gr. nat.

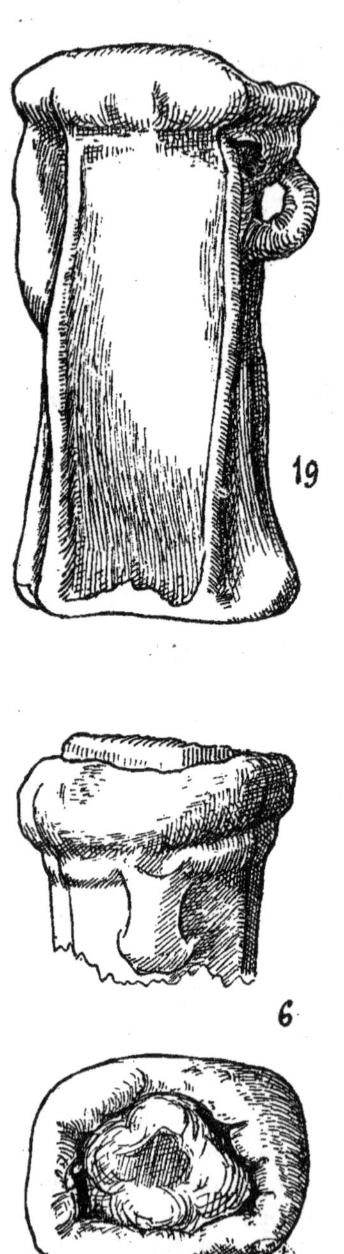

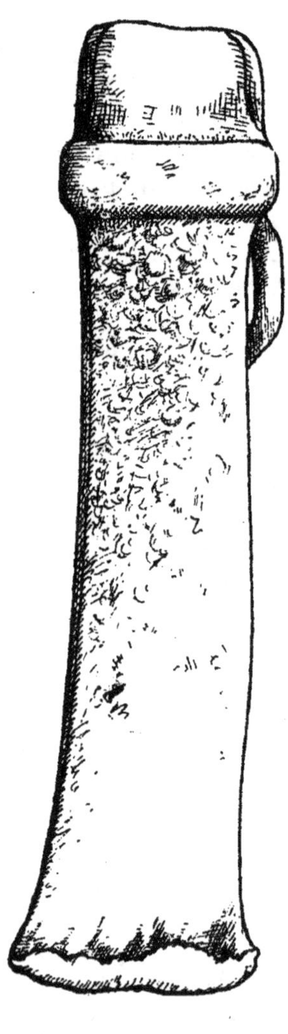

Coll. Louis Marsille.

Le premier chiffre, aussitôt après le numéro d'ordre, donne la longueur totale en millimètres, le second la largeur au tranchant, le dernier donne le poids.

Haches à douille quadrangulaire et à anneau latéral en plomb pur

1.— 117. 34. 572.— Un lingot de plomb est coincé dans la douille et dépasse l'orifice de 0^m, 015. La hache mesure donc avec ce lingot 0^m, 132. Une déchirure sur l'un des plats permetde constater qu'il existe un vide intérieur sous le lingot : on constate ainsi l'épaisseur du métal.

Le tranchant est écrasé, ce qui explique la longueur de 0^m, 117 un peu inférieure à la moyenne. Autour de l'orifice quadrangulaire, le bourrelet un peu gros et légèrement aplati. Cette hache est représentée en grandeur naturelle sur la planche insérée dans ce travail. On constate sa déformation. (Pl. VI).

2.— 127. 32. 405.— Complète. Douille carrée avec bourrelet simple au col : un lingot de plomb dans la douille. L'œillet cassé.

3.— 122. 32. 370.— Mêmes observations, sauf pour l'œillet qui est conservé, et la douille qui est rectangulaire.

4.— 124. 34. 362.—
5.— 122. 32. 361.—
} Mêmes observations. La douille est rectangulaire, ce qui est la règle générale autant que les déformations permettent d'en juger.

6.— $98^{p.}$ — 357.— Partie supérieure en bon état, le tranchant manque. Une petite barre existe sur les 4 côtés sous le bourrelet. Lingot dans la douille. J'ai représenté l'orifice comme étant celui en meilleur état (Pl. VI).

7.— 124. 33. 315.— Écrasée en partie.

8.— 127. 34. 315.— Complètement écrasée, ce qui a augmenté sa longueur. Un trou vers le tiers inférieur d'une face, trou fait avec une pointe, sans enlèvement de métal.

9.— — 40. 315.— Lingot dans la douille, coupée par le milieu et dont une partie manque.

10.— 121. 30. 310.— Quelques petites barres de plomb vers le milieu de la douille.

11.— 105. 38. 308.— Écrasée dans le sens vertical, le tranchant émoussé, ce qui explique la longueur plus courte et la largeur un peu supérieure à la moyenne.

12.— 112. 35. 280. — Une partie du col manque : sous le lingot de plomb qui fait office de bouchon, on aperçoit par une fissure un remplissage de terre cuite. Le métal de cette hache est moins épais que celui des autres.

13.— 93p. 32. 260. — Manquent le col et l'œillet.

14.—100p. 33. 255.— Manquent le col et l'œillet.

15. — 99p. 34. 251.— Manque le col.

16. — — — 247.— Manque le tranchant.

17.— — 32. 222. — Un peu plus de la moitié, côté tranchant, d'une hache massive en plomb, sans vide intérieur.

18.— — — 200. — Fragment à 4 pans de 0m,039 de longueur et de 0m,029 et 0m, 026 d'épaisseur suivant les côtés, ayant dû appartenir à la partie supérieure (entre le col et le milieu) d'une hache pleine. Ce fragment porte sur deux côtés correspondants de larges bavures longitudinales et médianes qui me portent à croire qu'il n'appartenait pas à la même hache que le tranchant précédent. Il porte à la partie supérieure une petite cavité hémisphérique grossièrement obtenue et pouvant mesurer 0m, 01 de profondeur et 0m, 01 de diamètre moyen à l'ouverture. (Voir le dépôt de Kerhor en Quéven.)

19.— 79p. — 167.— Hache très déformée par suite de l'épaisseur très faible du métal. Cette faible épaisseur est exceptionnelle et je ne l'ai constatée que sur la hache no 12 et sur celle-ci. La longueur, inférieure à celle des autres haches, est accidentelle. La hache a été très anciennement sectionnée et le coup a en même temps rapproché l'une de l'autre les extrémités des faces (Pl. VI).

20 à 23.— — 670.— 5 morceaux de plomb ayant appartenu à *quatre* haches différentes au moins et pesant ensemble 670 grammes.

Lingots de plomb pur

	Long.	Larg. au mil.	Larg. aux extr.	Épaiss. mil.	Poids	
1.—	152	71	55-58	20-25	1030	L'épaisseur est celle de la ligne médiane dans le sens de la longueur, elle décroît des deux côtés vers les bords.
2.—	132	63		20-23	792	

3.— 95. 40. 33. 770. – En forme de coin pour fendre le bois, massif, coupe quadrangulaire.

4.— 75. 70. 40. 605.— Lingot mamelonné.

5 à 13. — — — 840. – 9 lingots de plomb plus petits pesant ensemble 840 grammes.

Haches à douille quadrangulaire et à anneau latéral en plomb allié à quelques parties de cuivre

Long. Larg. tranch. Poids

1.— 71. 25. 92.— Douille rectangulaire avec barre sous le col sur les faces seulement, tranchant émoussé, aplati même. C'est la seule hache de ce petit modèle mesurant 0m,071.

2.— 130. 34. 320. – Une barre sous le col sur les 4 faces, le métal mesure 0m,003 d'épaisseur, et par suite d'un phénomène de liquation, montre comme deux couches distinctes d'égale épaisseur. La douille rectangulaire est remplie d'argile cuite. Manquent une grande partie d'une face et des deux côtés vers le tiers inférieur.

3.— 127. 33. 307.— La douille rectangulaire est largement trouée sous l'œillet, ce qui permet de constater qu'elle est remplie d'argile surmontée d'un bouchon de plomb peu épais obstruant l'orifice. Barre sous le col limitée aux faces.

4.— 126. 38. 300.— Barre limitée aux plats sous le bourrelet du col, dont il manque une partie.

5.— 109. 31. 228.— Noyau d'argile cuite à l'intérieur. Manquent le col, l'œillet et un fragment près du tranchant.

6.— — — 205. – Les deux tiers inférieurs d'une hache permettant de constater que le vide de la douille s'arrête à 0m,020 de l'extrémité extérieure du tranchant.

7 et 8.— 109. 31. 203 et 187 grammes.— Les deux tiers inférieurs de deux haches semblables.

9 à 17.—— 34. 1620.— Nombreux fragments dont 9 tranchants pesant ensemble 1 k. 620 grammes. Un tranchant intact mesure 0^{m},034 de largeur. Parmi ces fragments, l'un semble appartenir à une hache massive.

Culots en plomb allié à un peu de cuivre

1.— Culot rond bombé sur la face correspondant au fond du creuset et plat sur l'autre, mesurant 0^{m},105 de diamètre et 0^{m},027 d'épaisseur et pesant 1 kilo, mais il en manque un éclat.

2. — Culot de même forme, plus petit, de 0^{m},088-0^{m},091 de diamètre, 0^{m},015 d'épaisseur, pesant 513 grammes, soit la moitié du précédent.

3.— Lame de 0^{m},080 de longueur, 0^{m},064 de largeur à une extrémité et 0^{m},037 à l'autre et 0^{m},008 d'épaisseur, pesant 182 grammes. Sur le bord de son extrémité la plus large, on remarque une petite échancrure de 0^{m},009 de diamètre (portion du trou de rivet ??)

En résumé, ce que je détiens de la cachette de Kermarie-Gournava comprend :

23		Haches à douille en plomb, les deux tiers incomplètes, pesant ensemble......	6^{k}542	
	13	Lingots, jets ou fragments indéterminables en plomb, pesant ensemble.....	4^{k}037	
17		Haches à douille en alliage de plomb et cuivre, toutes incomplètes.........		3^{k}462
	3	Culots et lame en alliage...........		1^{k}695
40	16		10^{k}579	5^{k}157
56			15^{k}736	

Quelques remarques

Un lingot de plomb de la cachette pèse 1030 grammes. Un culot de plomb et cuivre pèse 1000 grammes, mais comme il en manque un petit fragment, on doit penser que ces deux masses étaient du même poids de 1030 grammes. Or un troisième lingot de la même forme et de la même nature que le second pèse 513 grammes, c'est-à-dire exactement la moitié des précédents. Et si je prends dans la cachette de haches à douille en bronze de Brandivy, que j'étudie en ce moment, la moyenne des 15 haches les mieux conservées, je trouve le poids moyen de 512 grammes, c'est-à-dire un poids identique à celui d'un lingot de Gournava et à la moitié des deux autres (1).

Les différences entre les poids des haches en plomb sont plus apparentes que réelles. Elles s'expliquent d'une part par le mauvais état de quelques-unes, légères — d'autre part par l'existence d'un lingot de plomb serti dans la douille de quelques autres, plus lourdes. Ainsi on peut constater que 4 haches en plomb assez bien conservées et n'ayant pas de lingot dans la douille pèsent respectivement 308, 310, 315, 315, grammes. 4 autres ayant des lingots de plomb affleurant l'orifice de la douille sans la dépasser pèsent 357, 361, 362, 370. En retranchant le poids du lingot on arrive aux chiffres des précédentes (2). Et ce poids est à quelques grammes près celui des haches de plomb, creuses, possédées par le Musée de la Société Polymathique et provenant de la cachette de Branrue en Nivillac (Morbihan), qui est de 321 grammes.

Si l'on prend la moyenne des haches *en plomb* qui ont le moins souffert, on trouve les chiffres suivants :

Longueur moyenne..................	123	millimètres
Largeur moyenne du tranchant.......	33 3	—
— sous le col.........	25	—
Epaisseur moyenne du côté sous le col	31 6	—
Poids moyen....................	367 g. 5	

Mais, comme je viens de le dire, ce poids doit être diminué du poids du lingot, qui pèse en moyenne un peu moins de 60 grammes, si l'on veut avoir le poids moyen de la hache

(1) 171 haches à douille carrée de la cachette de La Ruée, en Plurien (Côtes-du-Nord) sur les 900 à 950 qu'elle contenait, ont un poids moyen de 255 grammes, soit exactement la moitié du chiffre moyen des haches de Brandivy et le quart des lingots de Pleucadeuc.

(2) 281 haches à douille carrée de la même cachette ont un poids moyen de 200 grammes. Ces rapprochements sont fort curieux, mais il faut ajouter que 240 haches à douille rectangulaire pesaient en moyenne 178 grammes, 36 haches à douille ovalaire et tranchant élargi pesaient en moyenne 400 grammes.

seule. Calculé d'après les échantillons ayant la douille vide, on obtient 312 grammes.

Pour les haches en alliage ces chiffres se modifient comme suit :

Longueur moyenne	127 mm 1
Largeur moyenne du tranchant.......	34 —
— sous le col.........	22 —
Epaisseur moyenne du côté sous le col	34 — 5
Poids moyen.....	309 grammes

Mais ce poids moyen est inférieur à la réalité, toutes les pièces étant plus ou moins fragmentées.

Ce qui m'avait frappé au moment de la découverte c'était la patine extérieure gris blanchâtre de tous les objets : couche blanche d'hydrate et de carbonate de plomb. Il faut un examen attentif à la loupe pour dépister dans les creux des haches ou culots en mauvais alliage les rares petits points imperceptibles verts ou bleus de cuivre oxydé ou carbonaté. Il est cependant facile de distinguer les objets en plomb pur des autres. D'abord, sauf deux ou trois exceptions, par l'épaisseur du métal des premiers, par leur poids, leurs angles mousses, et surtout par la déformation caractéristique des haches en plomb. On a comparé, et avec juste raison, ces dernières à ces petits tubes où les peintres mettent leurs couleurs, lorsqu'ils sont usagés.

Au contraire, les haches ayant une faible proportion de cuivre alliée au plomb, ne sont pas déformées, mais le métal est fragile à l'excès. Elles sont plus ou moins ajourées. Elles offrent des phénomènes de liquation assez curieux : c'est d'abord leur patine blanchâtre, c'est encore l'aspect du métal sur une cassure : il présente nettement l'apparence de deux couches en contact, comme si la hache était faite de deux douilles s'emboîtant exactement. Vers le tranchant, là où les deux couches n'apparaissent pas distinctes, il suffit de donner un coup de lime pour voir sur la section apparaître trois couches bien tranchées : une couche molle avec un vif éclat métallique au centre entre deux autres couches de métal également blanc, mais mat et dur.

Pour donner une idée de l'aspect des haches en plomb pur de la cachette de Kermarie-Gournava, j'ai reproduit sur une planche en grandeur réelle et avec la plus grande fidélité

1°) la hache N° 1 dont le lingot de métal serti dans la douille dépasse de 15 millimètres le bord supérieur du bourrelet et fait corps avec la hache. On constatera que le tranchant est fortement déjeté du côté opposé à l'anneau et très émoussé ; 2°) Le N° 19, hache en plomb dont le métal est le moins épais et qui donnera idée de la déformation de beaucoup de spécimens ; 3°) Au bas de la planche et à droite, l'orifice de la hache n° 6 vu de profil et en dessus. C'est celui qui a le moins souffert : il contient un lingot de plomb (Pl. VI).

Je n'ai pas fait analyser les haches en plomb pur, car il suffit de gratter la couche épaisse de carbonate qui les recouvre pour retrouver le métal avec son éclat et sa malléabilité habituels. La lame du couteau y pénètre sans effort. Si le plomb contient quelque autre métal ce ne peut être qu'accidentellement et dans une infime proportion (1).

Par contre, j'ai envoyé à l'analyse la face d'une hache en alliage. Cette analyse, faite par les soins du laboratoire d'analyses métallurgiques de Saint-Nazaire, a donné les résultats suivants :

Plomb.....................	86, 66
Cuivre.....................	8,
Fer.....................	0, 14
Etain.....................	0,
Antimoine.....................	0,
Zinc.....................	0,
Oxygène et matières terreuses..	5, 20
	100, 00

C'est presque exactement la composition des haches en alliage de la cachette de Nivillac (Morbihan), que l'on trouvera au paragraphe suivant, d'aprés les analyses de M. Andouard, publiées par M. Pitre de Lisle.

Le dépôt de Gournava clôt la série des trouvailles de cette nature encore inédites.

(1)

Hache de l'Ile d'Er		Hache de Nivillac		Hache de St-Nom	
Plomb.	99,49	Plomb..........	98,62	Plomb...	99,27
Fer....	0,51	Fer, cuivre, etc..	1,38	Etain, fer.	0,73
	100,00		100,00		100,00

Analyses de M. Andouard, publiées par Pitre de Lisle (op. cit.).

Mais je me suis cru obligé d'ajouter quelques lignes sur les dépôts de Branrue, en Nivillac, et de Kerhor, en Quéven, ne fût-ce que pour rectifier quelques erreurs les concernant. J'aurai également à donner quelques détails nouveaux sur les « objets divers » des dépôts de Kergal et de Kerhar, en Guidel, mais pour ne pas me répéter, je me contenterai de mentionner ces derniers dans « La liste des dépôts de l'âge du bronze dans le Morbihan », qui termine ce travail.

Le dépôt de haches en plomb de Branrue, en Nivillac.

A moins de 5 kilomètres de la ville de La Roche-Bernard, sur le bord de la route qui conduit au bourg de *Saint-Dolay*, mais dans la commune de *Nivillac*, on aperçoit le *hameau de Branrue*. A quelques centaines de mètres, un *écart* porte le nom de *Darun*. De l'autre côté de la route est le *village d'Izernac*. Ecart, hameau et village sont proches, tous les trois situés dans la commune de Nivillac et sur la route qui conduit à la commune voisine de Saint-Dolay. A 1.800 mètres à l'est et toujours en Nivillac existent le Grand et le Petit Condé (*Condest*, XVIIIe s., Largouët).

Il était nécessaire d'insister sur ce voisinage pour expliquer la confusion qui s'est produite ainsi qu'on va le voir.

En 1869, M. Leroy, conducteur des ponts et chaussées à La Roche-Bernard, offre au Musée de la Société Polymathique un « fragment de *hache en bronze* trouvé à *Darun*, en Saint-Dolay (Morbihan) » (1).

La même année, M. Geffray, intituteur à Rieux, donne au Musée *deux haches en plomb* exhumées au sommet d'un monticule près de la carrière d'*Izernac, en Nivillac* (2).

En 1881, M. Pitre de Lisle publie dans la *Revue archéologique* la découverte de haches en plomb de *Branru* (Morbihan) (3).

En 1881 également, le catalogue du Musée archéologique de la Société Polymathique reproduit les indications des

(1 et 2) *Bull. de la Soc. Polym*. 1869. pr.-verb., p. 14 — d°, p. 103.

(3) PITRE DE LISLE. Découverte de haches en plomb (Bretagne), *Revue archéologique*, 1881, p. 335.

étiquettes : *haché en plomb*..., etc., trouvée à *Darun* (*Saint Dolay*).

En 1910, dans la « liste bibliographique des dépôts de l'âge du bronze en France », publiée en appendice au tome II de son « *Manuel* », M. Déchelette mentionne successivement les dépôts suivants :

569. — Nivillac (près) (Condest) — Haches en plomb à douille quadrangulaire trouvées avec plusieurs autres de bronze (Coll. du Rév. Greenwell à Durham, Grande-Bretagne). — Renseignement de M. l'abbé Breuil.

574. — Entre Roche-Bernard (la) (Morbihan) et Sévérac (Loire-Inférieure) (Branrue) — 1 culot et 150 haches en plomb de deux dimensions, 0m,12 et 0m,07. Quelques-unes contiennent du cuivre ; « fin du larnaudien » (de Mortillet).

Il est bien évident qu'il s'agit de la même cachette. Cela est d'autant plus certain que M. Pitre de Lisle ne connut lui-même la découverte qu'en trouvant entre les mains de M. P. du Boischevalier deux haches en plomb de la même provenance. Les ouvriers des environs qui travaillaient à la carrière avaient pris les objets les mieux conservés, les emportant chez eux. De là ils partaient dans toutes les directions. Les acquéreurs notaient sans contrôle l'indication du lieu de la trouvaille. Elle restait d'ailleurs assez précise malgré l'apparence. Et si j'adopte le nom de Branrue (1) en Nivillac, c'est parce que M. Pitre de Lisle fut, à ma connaissance, le seul archéologue qui se rendit sur les lieux pour rechercher ce qui avait pu échapper ou être délaissé par les carriers (2).

Sa visite ne fut pas inutile puisqu'elle nous fixe sur de nombreux détails qui sont autant de points de rapprochement entre ce dépôt et celui de Gournava, qui n'est guère éloigné de plus de sept lieues.

Deux ouvriers qui exploitaient une carrière ouverte dans une butte allongée et nue, près de Branrue, trouvèrent dans les terres qui recouvraient la roche une cachette ronde « aussi régulièrement tracée que l'intérieur d'un boisseau et remplie d'outils en plomb ». Les haches à douille et à anneau

(1) Orthographe du Dictionnaire topographique de Rosenzweig.

(2) C'est sous le même nom de *Branru* que la trouvaille est enregistrée par M. Déchelette. *Manuel*, II, âge du bronze, p. 367. Ce serait encore une autre raison pour adopter ce nom.

« dont le nombre était de 150 pour le moins, d'après l'évaluation de celui qui les a découvertes », étaient de deux tailles différentes : 0m,12 et 0m,07. Leur composition n'était pas la même, les unes étant en plomb pur, les autres « revêtues d'une teinte cuivreuse provenant d'un faible alliage de bronze. » Beaucoup de ces haches se brisaient au moindre contact, principalement ces dernières. Plusieurs des échantillons appartenant au Musée de la Société Polymathique sont réduits à l'état de petits fragments ou de poussière. Et la même observation s'applique aux haches de Gournava.

Voici les analyses de M. Andouard publiées par M. Pitre de Lisle.

Hache en plomb

	Plomb	98,62
	Fer, cuivre, etc	1,38
		100,00

Haches en alliage

N° 1	Plomb	90,15
	Cuivre	8,90
	Etain, fer, etc	0,95
		100,00
N° 2	Plomb	89,46
	Cuivre	8,87
	Etain, fer, etc	1,67
		100,00

De cette importante trouvaille le Musée de la Société Polymathique ne possède plus qu'une douzaine de pièces, toutes fragmentées, sauf trois haches en plomb pur.

En voici la liste :

1. — Hache à douille et à anneau latéral en plomb, pleine, pesant 720 grammes et mesurant 0m,122 de longueur. L'anneau manque. Cette hache a figuré à l'exposition de 1878 et nous est revenue détériorée. Elle offre plusieurs empreintes profondes d'un instrument tranchant. Expérience stupide d'un archéologue qui voulut constater qu'elle était massive.

2. — Hache à douille et à anneau latéral en plomb, de 321 grammes et $0^m,125$ de longueur : épaisse comme presque toutes les haches de ce métal, mais avec un vide cependant.

3. — Hache à douille et à anneau latéral en plomb, pesant 321 grammes et mesurant $0^m,124$ de longueur et $0^m,038$ de largeur au tranchant. Le col est un peu détérioré; au-dessous, une petite barre n'apparaît que sur les côtés correspondant aux plats.

4, 5, 6. — Fragments de 3 haches à douille et à œillet en plomb.

7. — Hache à douille et à anneau latéral en alliage du petit modèle (fragmentée).

8. — Hache à douille et à anneau latéral en alliage d'un modèle un peu plus grand (fragmentée).

9, 10, 11. — Fragments de 3 haches à douille et à anneau latéral en alliage du type le plus commun, c'est-à-dire d'une longueur dépassant $0^m,12$ de quelques millimètres.

12. — Lingot de 370 grammes, en plomb allié à quelques parties de cuivre.

Plusieurs haches ont disparu : une station de plus de 40 années dans nos vitrines, les déménagements et voyages successifs leur ont été funestes.

Ce dépôt de Branrue, en Nivillac (Morbihan), est certainement le plus important des dépôts d'objets en plomb, puisque, au dire des inventeurs, il ne contenait pas moins de 150 pièces dont le poids total ne pouvait être inférieur à 50 kilos.

On constatera les analogies avec le dépôt de Kermarie-Gournava, en Pleucadeuc (Morbihan) : les haches creuses en plomb ont sensiblement les mêmes dimensions et le même poids dans les deux dépôts. Tous deux renferment, à côté d'objets en plomb pur, d'autres objets en alliage. La composition de cet alliage est la même dans les deux cachettes. Dans l'une et l'autre on trouve une ou plusieurs haches à douille de $0^m,07$ de longueur. Mais toutes les autres sont du modèle habituel de $0^m,125$ en moyenne.

⁂

John Evans, dans son ouvrage *L'âge du bronze*, mentionne, page 485, *une hache à douille en plomb* de la collection de M. Greenwell, trouvée dans une cachette du *Morbihan* avec des haches de bronze. D'après M. l'abbé Breuil, M. Greenwell en possédait plusieurs provenant de Condest. Sans aucun doute ces haches faisaient partie du dépôt de Branrue.

La teneur en plomb et la destination de la hache à douille quadrangulaire « armoricaine »

Le plomb n'apparaît en proportion appréciable dans la composition du bronze protohistorique qu'avec la hache à ailerons (1). Cette proportion augmente encore dans les haches à douille ronde ou octogone et à tranchant élargi de l'ouest de la France (2). Dans la Charente, deux haches de la cachette de Vénat en contiennent respectivement 21 et 23,10 %. En Normandie, ce chiffre va jusqu'à 23,22 et 32,50 %. Mais c'est seulement dans trois départements bretons, la Loire-Inférieure, le Morbihan et le Finistère, que l'on voit cette proportion augmenter encore et atteindre avec la hache à douille quadrangulaire 43,90 et 75,12 % (Plounéour-Lanvern, Finistère, et peut-être aussi Belz, Morbihan) jusqu'au moment enfin où apparaissent, dans ces trois départements, les dépôts de haches en plomb pur, ordinairement accompagnées de haches en alliage où le cuivre n'entre que dans une proportion infime : 1 partie de cuivre pour 9 à 10 parties de plomb.

Ceci prouve l'exploitation à cette époque de quelques-uns

(1) Analyses des bronzes de Questembert. *Bull. Soc. Polym.* 1863, p. 16.

(2) Les analyses des bronzes de la cachette du Jardin des Plantes de Nantes ont donné 7,92, 14,05, 23,22 % de plomb.

Cuivre...........	83,96	66,93	78,46
Etain............	7,93	9,56	7,28
Plomb...........	7,92	23,22	14,05
Fer..............	tr.	tr.	tr.
	99,81	99,71	99,79

des 78 gisements de plomb que l'on connaît aujourd'hui en Bretagne (1). Le dépôt des haches en plomb de l'Ile d'Er, Donges (Loire-Inférieure) était voisin de la mine de plomb du Pont-du-Gué. L'analyse faite d'un fragment de hache et d'un morceau de minerai démontra leur complète analogie.

Hache en plomb de l'île d'Er, Donges (2)

Plomb	99,49
Fer.................	0,51
	100,00

Minerai de Pont-du-Gué

Plomb	99,40
Fer, etc............	0,60
	100,00

On peut croire que le métal des haches provenait de la mine toute proche.

A quatre kilomètres de la cachette de Kermarie-Gournava en Pleucadeuc, dans la commune voisine de Saint-Congard, existe aussi, au-dessus du pont de La Tronçonnaie, un filon de galène, ou plomb sulfuré, dans le quartz.

Je n'oserais pas prétendre, vu son peu d'importance, que le métal des haches de la cachette de Kermarie-Gournava en provînt. Mais je veux simplement par cette constatation étayer une quasi certitude : l'origine locale du plomb des haches à douille, dont le type est précisément spécial à une contrée où ce métal est abondant.

Par la façon dont il se présente : en masses laminaires ou lamellaires dont la cassure fraîche offre un éclat métallique particulièrement vif, le plomb ne pouvait passer inaperçu aux yeux de ces observateurs, de ces chercheurs qui déjà, à une époque bien antérieure, avaient prouvé leur connaissance profonde des richesses minérales du sol qu'ils foulaient, par le choix judicieux des matières constitutives des haches de pierre qu'ils nous ont laissées.

(1) Kerforne. *Bull. Soc. Sc. Méd. Ouest*, t. xiii, 1903, p. 401.

(2) Analyses citées dans l'art. déjà mentionné de M. Pitre de Lisle.

Tous les archéologues ont constaté que la plupart des haches à douille quadrangulaire et à faces longues et étroites de nos cachettes armoricaines étaient impropres à tout usage. Elles ne pouvaient constituer ni un outil ni une arme. Les plus belles et les plus lourdes sont souvent mal coulées et l'ornementation de quelques-unes, *au tranchant*, prouve que celles-là au moins n'étaient pas destinées à l'usage.

Pour les autres, la question ne se pose même pas. Les unes, minuscules, se dépassent par 70 millimètres de longueur ; les autres, plus nombreuses, d'une longueur moyenne de 125 millimètres, sont tellement légères, le métal si mince, le vide de la douille si près du tranchant, que l'hypothèse de l'utilisation ne saurait être envisagée. D'ailleurs, on ne les rencontre que dans les dépôts, souvent en grand nombre, et le noyau d'argile cuite qui souvent encore bouche la douille, les bavures de la coulée, le tranchant (?) mousse prouvent bien le non usage.

A plus forte raison, la hache similaire en plomb, métal particulièrement mou, était inutilisable.

Quelle pouvait être notamment la destination de celle-ci ?

L'hypothèse émise il y a longtemps de moule à noyaux d'argile ne saurait nous arrêter. Le métal de la hache en plomb est beaucoup plus épais que celui de la hache de bronze. La douille est en conséquence plus petite et le noyau d'argile n'aurait pu convenir. Puis, parmi ces haches, il en est de pleines, sans vide intérieur, sans douille.

L'hypothèse qu'elles pouvaient servir de matrices pour la fabrication des moules en argile, concurremment avec des matrices de cire, serait plus sérieuse. Mais on se refuse à l'idée d'une cachette uniquement composée de 150 matrices, comme celle de Branrue en Nivillac. Leur nombre même écarte cette hypothèse qui n'expliquerait pas encore l'existence de ces haches en alliage si fragile. Ces haches en alliage cassant apportent autant, sinon plus encore, de poids à l'hypothèse que ces objets n'ont jamais été fabriqués en vue d'une utilisation comme armes ou comme outils.

Ces haches à douille quadrangulaire, à anneau latéral et à lame longue et étroite, en plomb, sont spéciales à la Bretagne et même à une région déterminée, semble-t-il. Mais elles ne sont particulières à la Bretagne que par leur forme, leur type.

Il est même extrêmement intéressant de constater dans d'autres pays l'existence de haches en bronze plombeux d'un type différent des nôtres, spécial à la contrée, mais où s'affirme encore peut-être davantage la preuve qu'elles n'étaient pas destinées à l'usage. M. Louis Siret signale la découverte à San Martinho de Bougado, près de San Tirso, province de Douro, Portugal, de 36 *haches à talons et à deux anneaux latéraux*, beaucoup munies encore de leur cône de coulée. La proportion de plomb varie entre 24,73 — et 40,02 °/₀. Dans le bouton de coulée, elle atteint 51,12 — à 97,35 °/₀, ce qui prouve que le plomb n'a pas été mélangé au bronze avant la coulée, mais versé en dernier lieu. Il n'en a pas été de même pour les nôtres, comme il résulte des observations que j'ai faites sur les haches de Pleucadeuc. Mais le procédé de fabrication mis à part, combien suggestif le rapprochement !

Incontestablement la hache à *talons et à deux anneaux* en bronze plombeux du Portugal correspond à la *hache à douille quadrangulaire* en plomb de l'Armorique. Toutes deux appartiennent à la même époque, à la fin de l'âge du bronze, à un moment où le fondeur est en possession de connaissances métallurgiques assez étendues. Ce n'est donc pas sans raison qu'il introduit le plomb en quantité notable dans le bronze et substitue ainsi au métal excellent qu'il possédait un produit cassant, inutilisable. Mais la hache de la péninsule ibérique apporte une preuve nouvelle. Après avoir fait remarquer que le bouton de coulée resté adhérent permet de faire tenir debout, le tranchant en haut, ces haches, M. Louis Siret observe encore que certains exemplaires contiennent « une quantité suffisante de bronze pour fournir une hache normale, et que la quantité de plomb contenu dans l'ensemble correspond au volume du cône, que ce plomb a donc été ajouté en finale pour rendre l'objet inutile ». Sur d'autres haches du même type, le cône de coulée est remplacé par une nervure qui s'oppose à l'emmanchement, « prouvant la préoccupation de multiplier les causes d'inutilisation en même temps que les signes extérieurs destinés à faire reconnaître les haches ainsi inutilisées (1) ».

Ceci constitue, à mon avis, un argument très sérieux en

(1) Louis SIRET. *Questions de chronologie et d'ethnographie ibériques*, p. 354.

faveur du caractère votif de ces haches. On peut y voir la continuation d'un rite déjà apparu et qui se prolongera à l'époque suivante, consistant à rendre inutilisables les objets offerts au mort. A une époque antérieure, nous avons constaté le bris intentionnel des vases d'argile et des haches de pierre. Les plus belles haches du tumulus de Saint-Michel en Carnac et du Mané-er-Hroëk en Locmariaquer avaient été brisées avec intention.

A l'époque de Halstatt qui suivra, on retrouvera le bris des poteries avec « le ploiement des armes, lances ou javelots, et la perforation des récipients de bronze (1) ».

Ne peut-on, dès lors, considérer ces cachettes précisément comme *des dépôts funéraires d'un type particulier*. M. Louis Siret défend cette thèse en faisant remarquer que : « — 1) Depuis le néolithique jusqu'à la fin de l'âge du fer, on a enterré les morts avec des armes et des outils, sauf à la fin de l'âge du bronze — 2) Inversement, les dépôts ou cachettes d'armes et instruments sont inconnus, sinon à la fin de l'âge du bronze — 3) En résumé, l'enterrement de ces objets n'a pas subi d'interruption ; seulement, tandis qu'aux autres époques il se faisait dans les sépultures, à la fin du bronze il avait lieu dans des cachettes ou dépôts....

« L'âge du bronze fut en Occident une époque d'invasions, de luttes, de troubles. Les mobiliers des tombeaux ont dû donner lieu à de fréquentes spoliations... Rien d'étonnant à ce que l'on se soit préoccupé de les mettre en sûreté...

« La coutume des dépôts ou cachettes serait donc une mesure de précaution à rapprocher de l'inutilisation du bronze par l'addition de plomb. L'une et l'autre répondraient à une préoccupation née de la grande consommation du bronze et, par conséquent, spéciale à une époque déterminée.

« Les trouvailles de haches en plomb pur montrent que l'intention pieuse qui devait assurer au mort ou au dieu la possession éternelle du bronze qu'on lui consacrait, a donné naissance à une fraude religieuse consistant à substituer à la hache en bronze un simulacre sans valeur (2). »

L'antiquité a eu le culte de la hache, ceci est incontestable.

(1) DÉCHELETTE. *Manuel*, t. II, p. 674.

(2) Louis SIRET. *Questions de chronologie et d'ethnographie ibériques*. T. I. p. 418.

L'argument peut être invoqué en faveur de la hache *objet votif*. Mais il peut l'être également en faveur de la dernière hypothèse que j'ai à mentionner : celle de la *hache-monnaie*. Les plus anciennes monnaies grecques montrent la *roue* et le *swastika*; or, on sait l'idée religieuse attachée à ces objets (1).

Cette dernière hypothèse de la *hache-monnaie*, qui s'appuie encore sur la découverte des lingots monnaies en forme de bipennes de l'Europe centrale et occidentale et sur l'existence des armes-monnaie avec trous d'enfilage de quelques peuplades modernes, n'a contre elle qu'une seule objection : la valeur commerciale de l'objet disparaissait avec l'addition trop forte du plomb. La fraude possible vis-à-vis de la divinité devenait impraticable, vu l'apparence du métal. On pourrait y répondre que c'est précisément ce qui explique la rareté de la hache en plomb, dont on n'a encore trouvé que 250 exemplaires environ en Bretagne pour plus de 12.000 haches du même type en bronze (2).

Pour l'instrument d'échange, les conditions de résistance et de solidité qu'exigent l'arme et l'outil ne sont plus indispensables. Aussi les fondeurs n'hésitent pas à substituer au cuivre et à l'étain quantité de mauvais métaux qu'on retrouve en plus ou moins grande quantité dans presque toutes les trouvailles de cette époque. Y interviennent les déchets, les pièces fragmentées et le métal extrait des filons de la région.

Les observations que j'ai faites sur le poids des lingots et des haches de Pleucadeuc et de Brandivy ne confirment-elles pas cette hypothèse ?

Je donne pour finir la liste des cachettes de haches en plomb. On ne les a encore rencontrées que dans trois départements limitrophes : le Morbihan, la Loire-Inférieure et le Finistère. Il est fort possible que d'autres découvertes aient été faites. Mais l'état lamentable de ces objets empêchera bien souvent un cultivateur d'y prêter attention.

(1) J. DÉCHELETTE. *Manuel*. II, p. 458.

(2) Il faudrait diminuer ce chiffre de la moitié pour avoir le nombre probable des haches en *plomb pur*.

Morbihan

— Cachette de *Branrue*, en Nivillac, découverte vers 1869 — environ 150 haches.

— Cachette de *Kermarie-Gournava*, en Pleucadeuc, découverte en mai 1913 — 40 haches.

Loire-Inférieure

— Cachette de l'*Ile d'Er*, Donges, découverte en juin 1879 — environ 40 haches.

— Cachette de *Saint-Nom*, presqu'île guérandaise — nombreuses haches.

Finistère

— Cachette de *Penhoat*, en Bannalec, découverte en 1847 — une douzaine de haches, la plupart pleines, sans vide intérieur.

— Cachette de *Kerloret*, en Moëlan, découverte en 1849 — plusieurs haches en plomb et 25 en bronze dont on n'a pas la teneur en plomb.

Si l'on constate que les cachettes du Finistère sont sur le territoire des communes presque en bordure du Morbihan, que celles de la Loire-Inférieure, situées de ce côté-ci de la Loire, n'en sont guère éloignées, on sera forcé de convenir que l'aire de dispersion géographique de ces cachettes de haches en plomb est singulièrement restreinte. Des découvertes ultérieures l'étendront peut-être. On peut l'augurer d'après ce détail : la plupart des 240 haches à douille de la cachette de Creach-Callice, en Briec, arrondissement de Quimper, contenaient dans la douille des lingots de bronze, de plomb ou d'étain : dans l'une était inséré *un tranchant de hache en plomb*.

Cependant je dois remarquer en terminant que c'est encore sur ce même territoire restreint, rapproché du Morbihan, que sont signalées les cachettes de haches à douille où l'on trouve *le plomb* à l'état de lingot serti dans la douille, ou de lingots plats, comme celles de Mescléo et de Bellevue en Moëlan (1), et de Kervenou-Pouldu en Clohars-Carnoët (2). A Mescléo et à Bellevue, un grand nombre de haches renfermaient un lingot de plomb et plus rarement un lingot de cuivre ou d'étain. A Kervénou-Pouldu, six haches portaient, refoulée au fond de la douille, *une feuille de plomb* pliée en deux ; sur deux d'entre elles les faces se sont déchirées sous l'effort produit et le plomb a fait hernie à l'extérieur. Dans une troisième, sous une feuille d'étain pliée en deux, étaient *un anneau, deux petits bouts de chaine en plomb* et deux minces tiges courbes en bronze.

(1) Louis Marsille — *Le Bronze dans l'arrondissement de Quimperlé*. Bull. Soc. Polym. 1911, p. 77.

(2) C[t] Le Pontois — *Trésor de 203 haches de bronze en Clohars-Carnoët*. Anthr. 1892, p. 489-495, 4 pl.

Liste des dépôts de l'âge du bronze dans le Morbihan (1)

1 — **Augan** — ***(Mamelon de Quénédan dépendant du manoir du Bois-du-Loup)*** — 1820 — Plus de 200 haches à douille quadrangulaire à anneau latéral et à lame longue et étroite.

CAYOT-DELANDRE, *Le Morbihan*, p. 305.

2 — **Bangor** — Belle-Ile-en-Mer ***(Calastrène)*** (2) - Vers 1820 — Un grand vase en terre recouvert d'un culot renfermait les objets suivants : — 1 belle hache à douille ronde et à anneau latéral et tranchant élargi, entière, sans ornementation — 1 hache à douille ronde et à anneau latéral, et tranchant élargi, le col manque : des lignes courbes en relief simulent des ailerons à la partie supérieure des faces — Fragment de la douille d'une pointe de lance et des ailes d'une seconde — 1 anneau (bague) uni — 1 bracelet à côtes — Fragments de deux épées (fig. 6) — Fragments de deux poignards, dont un à douille (fig. 7) — Fragment de moule pour lame d'épée ou de poignard (disparu) — Petit tube à tige côtelée (pièce de harnachement ?) représenté ici en vraie grandeur (Planche VII, fig. 1). — Moitié d'un étui en forme de croissant muni d'un trou de suspension à ses deux extrémités (fig. 2) et reconstitué au tiers de sa grandeur réelle sous la fig. 2 bis (Amulette ?). Un objet semblable figurait dans la cachette de Questembert (V. infra). D'après le Dr de Closmadeuc, ces petits étuis avaient une ouverture circulaire au milieu de la partie concave — Deux objets rentrant dans la catégorie des boutons ou appliques (fig. 5 et 4). Mince feuille de bronze découpée en dents de loup avec petite bélière et plaque ovale découpée aux extrémités en trèfle avec deux petites et courtes tiges à tête élargie, tenant

(1) Les dépôts précédés de deux astériques ** sont ceux ajoutés à la liste donnée par M. Déchelette dans l'Appendice II du tome II de son manuel. Les dépôts marqués d'un seul astérique * sont ceux qui, mentionnés dans cet inventaire, contenaient des inexactitudes rectifiées. Pour la bibliographie, assez étendue, je renvoie aux indications de l'Appendice sus-mentionné.

(2) Pour tous les noms de lieux j'adopte l'orthographe du *Dictionnaire topographique du Morbihan* de Rosenzweig.

PL. VII

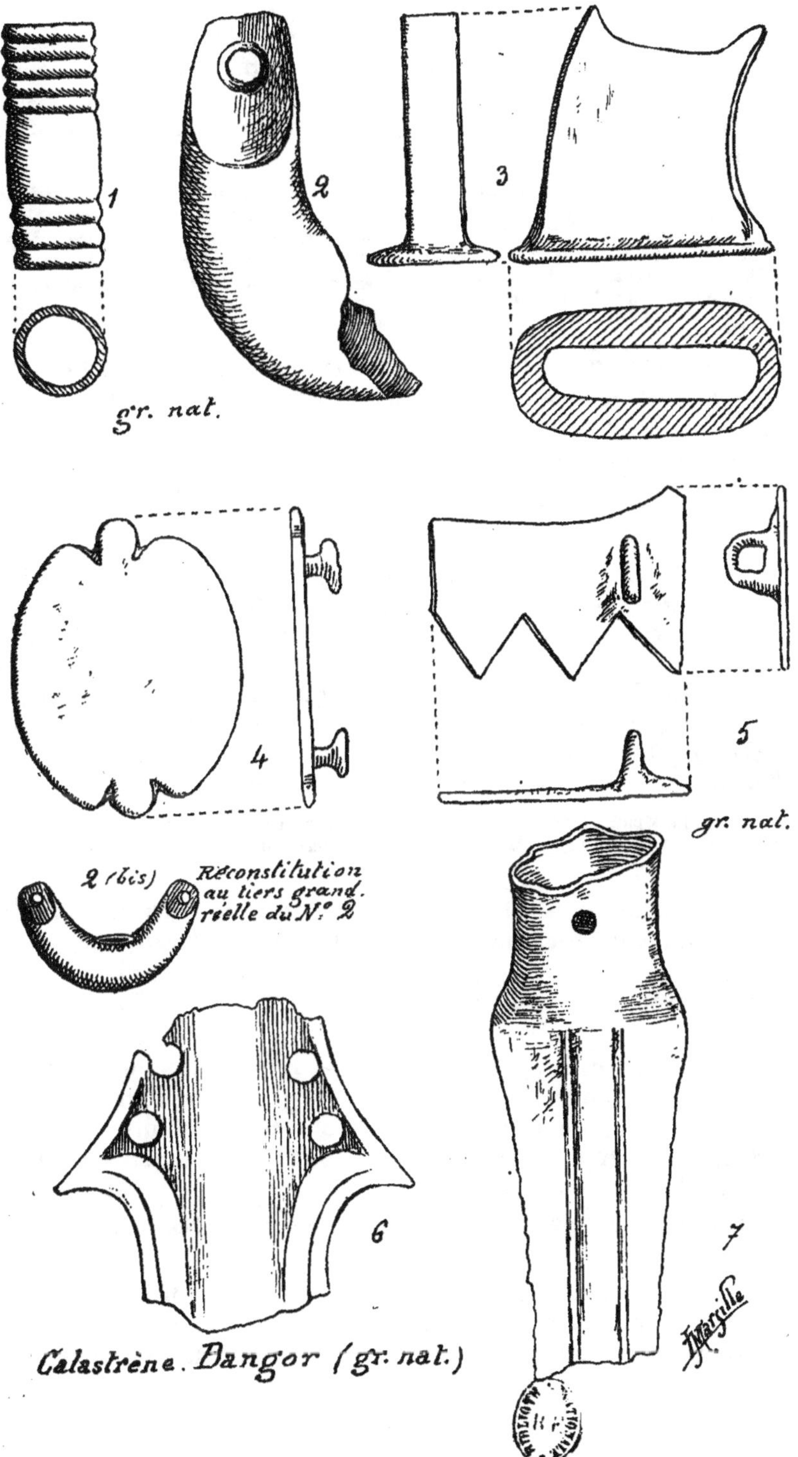

Calastrène. Dangor (gr. nat.)

à la partie postérieure : ces deux objets, ainsi qu'un troisième dont la destination m'échappe (fig. 3), sont représentés ici en vraie grandeur.

(Musée de la Société Polymathique du Morbihan) (sauf le moule ?).

Chasle de LA TOUCHE, *Histoire de Belle-Ile-en-Mer*, Nantes, 1852 — *Bull. de la Soc. Polym.* 1863, p. 21. — PITRE DE LISLE DU DRÉNEUC, *Epées et poignards trouvés en Bretagne*. Mém. Soc. Emul. Côtes-du-Nord, 1883, p. 144, 145, 148, 150 — ROSENZWEIG, *Répertoire archéol. du Morbihan*, 1863, p 16. — Je supplée à l'insuffisance des renseignements donnés sur cette cachette en représentant ici quelques-uns des objets qu'elle contenait.

3 — **Bangor** — 1800 — Deux moules de haches en bronze, l'un pour haches à talons sans anneau, l'autre pour haches à talons et à anneau latéral.

Je manque de renseignements sur cette découverte signalée par John Évans dans son ouvrage *l'Age du bronze*, p. 480, d'après *Arch. Journ.*, vol. VI, p. 386; vol. XVIII, p. 166, et enregistrée par Déchelette sur cette indication.

4 — ** **Belz** — ***(Kercadoret)*** — 1888 — 70 haches à douille quadrangulaire et anneau latéral de 0^{m},0125 de longueur. Quelques-unes étaient ornées, d'autres étaient en bronze plombeux.

(12 au Musée de la Société Polymathique, dont une ornée de trois lignes en relief avec des points à l'extrémité et 5 en bronze plombeux — 4 coll. Léon Lallement, Vannes. — 54 furent achetées par différents membres de la Société.)

Abbé LE MENÉ, *Histoire des Paroisses du diocèse de Vannes*, t. I, p. 57.
Louis MARSILLE. *Le dépôt de Kercadoret en Belz*. Bull. Soc. Polym., 1913.

5 — **Bieuzy** — Haches à douille quadrangulaire en nombre inconnu (Quelques-unes coll. Aveneau de La Grancière).

AVENEAU DE LA GRANCIÈRE, *Le préhist. et les époq. gauloise, gallo-romaine et mérovingienne*. Bull. Soc. Polym. Morbihan 1902, p. 159.

6 — ** **Brandivy** ***(Castelguen)*** — 1910 — Dans un vase en terre, 30 grandes haches à douille quadrangulaire ornées sur les faces de lignes et de points en relief diversement combinés. (22 entières, et 4 ou 5 fragmentées au Musée de la Société Polymathique.)

Louis MARSILLE, *Le Trésor de Brandivy*. Bull. Soc. Polym. Morbihan, 1913.

7 — ** **Caudan** (***La Montagne du Salut***) — vers 1885 — Haches à talons et à anneau latéral, pointes de lances à douille, fragments de lames d'épée, etc.... remplissant un vase en terre.

(2]haches et un fragment de lame d'épée dans la famille de M. Le Strat, ancien notaire à Rosporden, de qui je tiens les détails de la découverte.)

Louis MARSILLE. *Dépôt de La Montagne du Salut en Caudan.* Bull. Soc. Polym. 1913.

8 — ** **Erdeven** ***(près et au sud du bourg)*** — Vers 1907 — 2 haches. Je n'ai de renseignements que sur l'une d'elles à bords droits avec languette réunissant ses rebords et formant talons. Les côtés sont ornés de nervures en relief. (Coll. Louis Marsille.)

Louis MARSILLE. *Note sur quelques trouvailles de haches en bronze.* Bull. Soc. Polym. Morbihan, 1909.

9 — ** **Faouët (Le)** ***(Kerauval)*** — 1909 — 14 haches à douille quadrangulaire dans un talus. (M. Robic, avocat à Lorient, 1 coll., Louis Marsille.)

Louis MARSILLE. *Note sur quelques trouvailles de haches en bronze.* Bull. Soc. Polym. Morbihan, 1909, p. 145.

10 — ** **Groix (Ile de)** ***(Men-Stang-Roh)*** — 1909 — Moitié de moule en bronze pour haches à ailerons ; 5 haches à ailerons ; 3 haches à douille octogone ou ronde et à tranchant élargi ; 1 épée ; 1 boucle ; 7 culots.

(Tous ces objets au Musée de la Société Polymathique, sauf la poignée, et un fragment de la lame de l'épée, 1 hache à ailerons et 2 culots chez M. le docteur Canu, à Groix.)

Louis MARSILLE. *Le dépôt de Men-Stang-Roh, île de Groix.* Bull. Soc. Polym. Morbihan, 1913.

11 — **Guern** ***(Fourdan)*** — 1898 — A 0^{m},40 de profondeur, 9 haches à talons et anneau latéral, plus un fragment d'une 10e ; 1 marteau à douille ou petite enclume ; 3 bracelets ; 1 rasoir ; 2 lames de poignards à crans et fragment d'un 3e ; 3 pointes de lance à douille et fragment de douille d'une 4e ; débris divers. A deux mètres de distance à droite et à gauche de ce dépôt, 2 grands vases à bords droits et sans anses, en argile grossière, contenant de la terre noirâtre et l'un d'eux quelques fragments de minerai de fer. (Coll. Aveneau de La Grancière.)

AVENEAU DE LA GRANCIÈRE. *Cachette de fondeur découverte à Fourdan en Guern.* Bull. Soc. Polym. Morbihan, 1898, p. 158.

12 — **Guidel** ***(Kergal)*** — 17 mai 1876 — A 0^{m},30 de profon-

PL. VIII

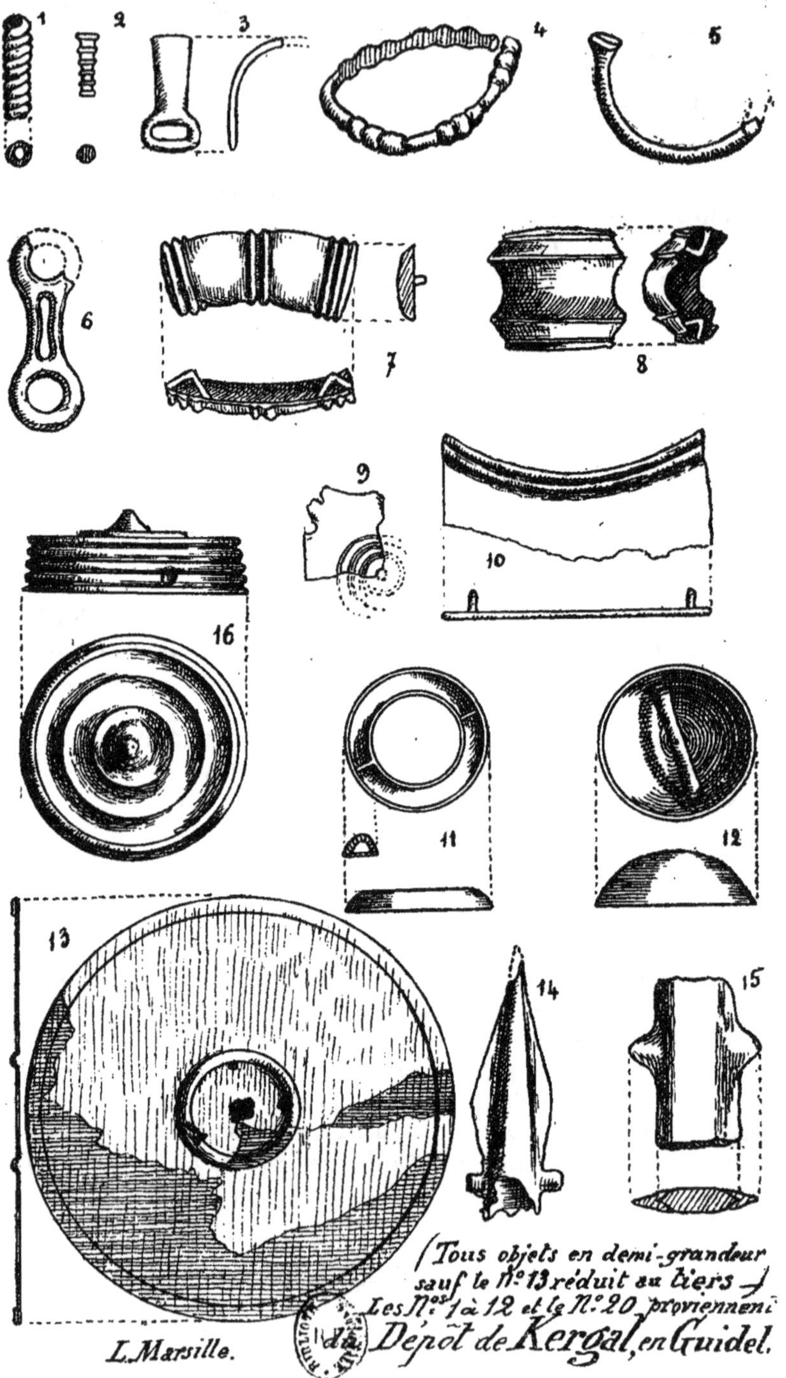

(Tous objets en demi-grandeur sauf le N.° 13 réduit au tiers —) Les N.os 1 à 12 et le N.° 20 proviennent du Dépôt de Kergal, en Guidel.

deur, dans un vase d'argile : — 2 haches à ailerons et à anneau latéral de 0m, 13 à 0m, 14 et nombreux fragments de haches à ailerons — Fragments de haches à douille ronde et à tranchant élargi : l'une présentait sur les faces et sous le col un point en relief, une autre des ailerons simulés par des lignes en relief — 3 pointes de lance à douille de 0m, 12 et 0m, 09 et fragments de 2 autres — Fragments de 4 ou 5 épées : a) soie plate percée au centre de trois trous de rivets ; b) soie en forme de poignée à légers rebords avec trois trous ; c) soie en forme de poignée à rebords saillants et fente médiane ovale avec trou de rivet de chaque côté de la base de la lame et crans très prononcés ; d) soie en forme de poignée avec deux trous de rivets à la base ; e) 8 fragments de lames à nervure centrale arrondie et deux filets sur les bords — 2 poignards, l'un à soie plate, l'autre à soie rectangulaire de 0m,13 à 0m,16 — 4 fragments de rasoirs quadrangulaires à un tranchant et trou de suspension près de l'arête dorsale, semblables à ceux de Questembert et de Kerhar-Guidel — Petit tube à tige côtelée (Pl. VIII, fig. 1) — 2 têtes d'épingles, l'une large et arrondie (fig. 2 et 20) — 2 petits objets indéterminés, l'un courbé, l'autre rigide, terminés par une boucle ronde pour l'un, ovale pour l'autre, à chaque extrémité (fig. 3 et 6) — Nombreux fragments de bracelets divers (fig. 4 et 5), fibules, anneaux, bagues, petites tiges cylindriques, etc... — 4 pièces d'applique portant chacune à la partie interne deux petites bélières ; deux sont en forme de tonnelets coupés longitudinalement par le milieu (fig. 7 et 8) ; la troisième est une feuille plate coupée sur un bord en demi-cercle avec deux ondulations parallèles (fig. 10) ; la quatrième est en forme d'anneau creux, coupé transversalement par le milieu (fig. 11) — Un coulant ou fort bouton en forme de calotte hémisphérique avec traverse à l'intérieur (fig. 12) — Fragments de 2 vases en bronze, l'un à parois très minces et rebord épais, l'autre à parois plus épaisses — Petites plaques ornées de lignes parallèles ondulées ou concentriques (fig. 9) — Fort morceau d'un culot en forme de disque et du poids de 1.600 grammes.

(Musée de la Société Polymathique du Morbihan.)

- Abbé Euzenot, *Les instruments de bronze de Kergal en Guidel*. Bull. Soc. Polym. du Morbihan, 1876, p. 110 — Pitre de Lisle du Dréneuc. *Epées et poignards trouvés en Bretagne*. Mém. Soc. Emul. Côtes-du-Nord, 1883, p. 141-145, Nos 4-8 ; p. 148-150, Nos 2, 3. — Les deux trouvailles de Kergal et de Kerhar en Guidel ont été très insuffisamment enregistrées jusqu'à ce jour : c'est ainsi que j'ai retrouvé des haches à douille fragmentées parmi les « objets divers ». Ces objets divers eux-mêmes, quelques-uns intacts et d'un grand intérêt, n'ont jamais été décrits. C'est pourquoi j'ai cru devoir représenter ici sur deux planches les principaux d'entre eux, comme je l'ai fait pour le dépôt de Calastrène en Bangor. Les N°s 1 à 12 de la planche VIII viennent de Kergal, ainsi que le N° 20 de la planche IX ; tous les autres appartiennent au dépôt de Kerhar.

13. — **Guidel (*Kerhar*)** — 8 juin 1876 — Dans une cavité circulaire, une masse considérable d'objets en bronze enfouis pêle-mêle : 1 hache à ailerons et à anneau latéral et les fragments d'une 2e — Fragments d'une hache à douille ronde et à tranchant élargi, avec ailerons simulés sur les faces par des lignes en relief — 3 pointes de lances à douille de 0m,15, 0m,13, 0m,12 et fragment d'une 4e — 3 rasoirs à un tranchant et trou de suspension — 5 épingles, dont 4 à tête de pavot (Pl. IX, fig. 17 à 19) et 1 à tête plate (fig. 21) — 3 boutons, 2 coniques et 1 hémisphérique (fig. 22) et fragments d'un 4e semblable à ce dernier — 1 pommeau de manche de poignard ou d'épée ? (fig. 23) — 1 pièce d'applique en forme de petit tonnelet coupé par le milieu, avec deux bélières à l'intérieur (fig. 24) ; deux échancrures permettaient de l'appliquer sur une tige ronde ou à section demi-cylindrique. Cet ornement est complet. Dans la cachette de Kergal, il existe seulement un fragment d'un objet en tous points identique — 3 fragments d'une mince feuille de bronze ornée sur les bords de six lignes parallèles tracées au burin (fig. 25) — Petite tige d'où partent trois étages superposés de rayons (fig. 26). Un objet semblable, mais avec deux étages de rayons seulement, existait dans la cachette de Ploudalmézeau (Finistère) ; un autre dans le dépôt de Vénat (Charente). MM. Chauvet et de Mortillet y voient des jets de fonte provenant de moules à plusieurs étages ayant servi à la fabrication d'anneaux ou autres menus objets. M. du Chatellier en fait des têtes d'épingles qui n'ont pas été séparées à la sortie du moule. Je préfère la première explication. — Fragments de bracelets divers : massifs ou creux, à côtes ou lisses, ou à tige torse (fig. 27) — 2 petits bracelets — 1 petit tranchet de 0m,03, mais sans soie (fig. 28) — Pièce d'ornementation : rangée de disques tangents portant des cercles concentriques en fort relief et point au centre (fig. 29) — 3 bagues : l'une faite d'un fil cylindrique décroissant, une autre d'une lame mince et étroite de bronze (fig. 30). Une bague semblable à cette dernière existe dans les débris venant de Kergal — 3 anneaux, dont deux fermés à facettes, l'autre ouvert (fig. 31) — Fragment de moule ? (fig. 32) — 20 petits grains de collier dans l'un desquels était engagé un fragment de tige en bronze à courbure sensible — Une grande plaque, très mince, repliée sur elle-même. Autant qu'on peut en juger, elle affectait dépliée

PL. IX

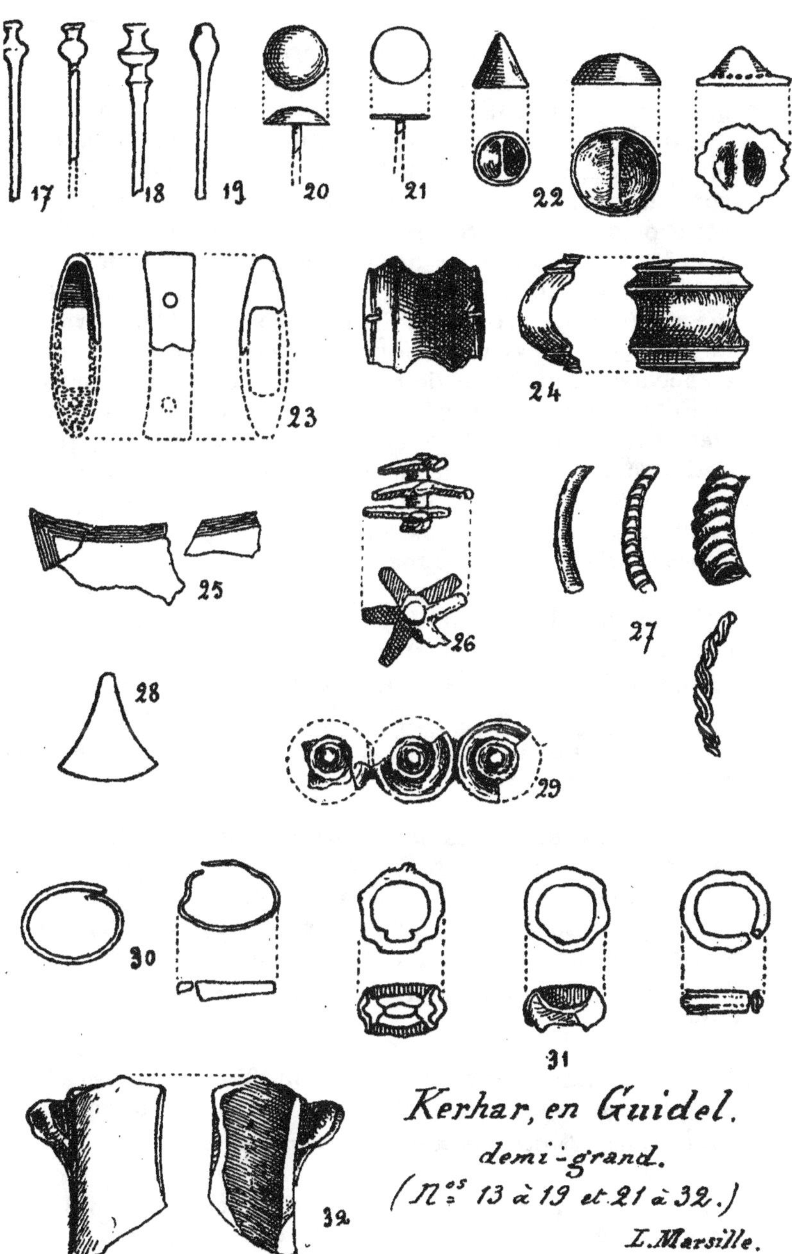

Kerhar, en Guidel.
demi-grand.
(Nos 13 à 19 et 21 à 32.)
L. Marsille.

la forme d'un disque de 188 millimètres de diamètre. Au milieu, un cercle au repoussé et quelques trous pouvant, au moins celui du centre, être un trou de rivet. Les bords de la feuille sont repliés sur eux-mêmes et forment tout autour un petit ourlet martelé. Mais je n'ai relevé aucun trou de rivet le long de ces bords (fig. 13) — Garniture de l'extrémité d'une pièce de bois ronde, par exemple d'un timon de char (?), faite d'une plaque de bronze de $0^m,06$ de diamètre ornée d'un bouton conique central en relief entouré de cercles concentriques : cette plaque a des rebords ornés de nervures parallèles en relief et percés de trous permettant de la fixer sur l'objet en bois qu'on y introduisait (fig. 16). La cachette de Ploudalmézeau (Finistère) renfermait un objet semblable. — Fragments de plusieurs vases en bronze ornementés — Tronçon de poignée d'épée avec deux trous de rivets, crans carrés très prononcés — Fragments de lames d'épées à nervure centrale et deux filets sur les bords — Fragments de lames de poignard — Petite pointe à douille de dimensions et de forme particulières, avec tiges saillantes à la naissance des ailettes (fig. 14) — Fragment d'un grand ciseau ou hache (?), avec appendices latéraux triangulaires coupants (fig. 15).

Nombreux débris — Fragment d'un culot en forme de disque.

(La totalité de ce dépôt appartient au Musée de la Société Polymathique du Morbihan.)

Abbé Euzenot : *Les instruments de bronze de Kerhar en Guidel*, Bull. Soc. Polym. du Morbihan. 1876, p. 109 — Pitre de Lisle du Dreneuc, op. cit. Bull. Soc. Emul Côtes-du-Nord 1883, p. 141-145, n°s 9,10 — Cette cachette de Kerhar mérite mieux que les mentions très incomplètes qui en ont été faites jusqu'ici. Les objets représentés sur deux planches jointes à ce travail n'ont jamais été publiés.

14 — ** **Hennebont** (Saint-Caradec) (***Kerorch***) — 1902 — 4 culots de 2 à 3 kilogrammes chacun et de même forme : plats d'un côté, bombés de l'autre, trouvés sous un rocher plat.

(2 chez M. Louis Denoël, à Hennebont; 2 autres déposés par M. Cormier, propriétaire du terrain, au Musée d'Hennebont.)

Louis Marsille. *Dépôt de Kerorch en Saint-Caradec-Hennebont.* Bull. Soc. Polym. 1913

15 — **Inzinzac** ***(Brangolo)*** — avant 1859 — 7 haches à talons sans anneau latéral. (2 au Musée de la Société Polymathique.)

Rosenzweig, *Répertoire archéologique du Morbihan*, 1863, p. 29.

16 — ** **Kerfourn** ***(Governe)*** — 31 haches à douille quadrangulaire et à anneau latéral sans ornementation.

Renseignement de M. J. Le Brigand.

17 — **Malguénac** ***(sur le bord de la route de Malguénac à Cléguérec)*** — avant 1900 — Une douzaine de haches à douille quadrangulaire. (Vendues par l'inventeur à un orfèvre de Pontivy.)

AVENEAU DE LA GRANCIÈRE, *Le préh. et les ép. gaul. et gall. rom, et mérov. dans le centre de la Bretagne-Armorique.* Bull. Soc. Polym. du Morbihan 1901, p. 332.

18 — **Moréac** ***(Boédic)*** — vers 1894 — 52 haches à douille quadrangulaire placées dans un vase en terre, en couches superposées et soigneusement rangées, la douille de l'une reposant sur le tranchant de l'autre.

(Dispersées dans la région Moréac, Bignan, Locminé. Plusieurs au château de Kerguéhennec, 1 chez M. Aveneau de la Grancière, 1 au Musée de la Société Polymathique.)

AVENEAU DE LA GRANCIÈRE. *La cachette larnaudienne de Boëdic, en Moréac.* Bull. Soc. Polym. Morbihan, 1909, p. 51.

19 — * **Nivillac** ***(Branrue)*** — 1869 — 150 haches à douille quadrangulaire de deux dimensions : 0m,12 et 0m,07 ; les unes en plomb pur ; les autres en plomb additionné d'un peu de cuivre : 10 parties de plomb et 1 de cuivre.

(Musée de la Société Polymathique, collections P. du Bois-chevalier ; P. de Lisle ; Rév. Greenwell, à Durham, Grande-Bretagne, etc...).

PITRE DE LISLE DU DRENEUC, *Découvertes de haches en plomb en Bretagne*, Revue archéol. 1881, II, p. 337 — Louis MARSILLE, *Le dépôt de haches en plomb de Branrue, en Nivillac*, Bull. Soc. Polym. 1913 — EVANS, *L'âge du bronze*, p. 485, n'en cite qu'une dans la coll. Greenwell, mais d'après l'abbé BREUIL il y en aurait plusieurs.

20 — **Noyal-Pontivy** ***(Bord de l'étang de Kergoff)*** — 1903 — 2 lames d'épée à languette et à crans ; 2 pointes de lance à douille ; 1 hache à talons et à anneau latéral ; 1 ciseau à douille quadrangulaire. (M. Coudrin, ingénieur à Vannes.)

AVENEAU DE LA GRANCIÈRE, *Trouvaille de l'époque du bronze faite à Kergoff, en Noyal-Pontivy*, Bull. Soc Polym. Morbihan, 1905 p. 144.

21 — ** **Plescop** ***(Marais de Brenolo)*** — Au moins 6 haches de l'époque morgienne et très probablement à talons et anneau latéral. (1 coll. Léon Lallement.)

Louis MARSILLE, *Le dépôt de Brénolo, en Plescop.* Bull. Soc. Polym. du Morbihan, 1913.

22 — ** **Pleucadeuc** ***(Kermarie-Gournava)*** — 1913 — 40 haches à douille quadrangulaire entières ou fragmentées, dont 23 en plomb pur, 17 en alliage fait de 10 parties de plomb pour 1 de cuivre. 1 seule hache, de ces dernières, mesure $0^m,07$, toutes les autres $0^m,12$; 13 culots ou lingots de plomb pur ; 1 plaque (?) et 2 culots en plomb allié à un peu de cuivre.
(Coll. Louis Marsille.)

Louis Marsille. *Le dépôt de haches en plomb de Kermarie-Gournava, en Pleucadeuc.* Bull. Soc. Polym. 1913.

23 — ** **Plœmeur (*Lanénec*)** — Haches à douille quadrangulaire et à anneau, du type le plus commun, en nombre inconnu.
(7 ou 8, brisées, furent portées à M. le Ct Le Pontois, de Lorient, qui me communique ce renseignement.)

Louis Marsille. *Dépôt de Lanénec en Plœmeur.* Bull. Soc. Polym. 1913.

24. — **Ploërmel.** — 10 haches.

G. de Mortillet. *Cachettes de l'âge du bronze en France.* Bull. Soc. Anthr., Paris, 894, p. 322. — Je reproduis l'indication de l'appendice sans pouvoir y apporter quelques éclaircissements.

25 — ** **Pluherlin** ***(Lanvaux)*** — vers 1901 — 2 haches plates semblables de $0^m,13$ de longueur (l'une appartient à M. Autissier, alors ingénieur-directeur des Ardoisières de Rochefort, l'autre a été donnée récemment par M. Lefranc, ancien recteur de Pluherlin, à M. Aveneau de la Grancière).

Aveneau de la Grancière. *Les haches plates en bronze de Pluherlin.* Bull, Soc. Polym. Morbihan ,1907, p. 115.

26. — * **Questembert** ***(Le Parc-aux-Bœufs).*** — 24 janvier 1863. — A un kil. au nord de la ville, dans la lande du Parc-aux-Bœufs. Un grand vase en terre entouré d'une sorte d'enceinte en pierres sèches et recouvert d'un grand lingot de cuivre formant couvercle, renfermait 38 kilos d'objets divers en bronze : — Nombreux fragments appartenant à au moins ... épées —1 poignard — Plusieurs pointes de lance à douille, l'une ornée de cercles — 1 petite hache à talons et à anneau latéral — 1 hache à douille ronde et tranchant élargi — 1 herminette à ailerons et à anneau — 20 haches ou fragments de haches à ailerons et à anneau — 4 rasoirs à un seul tranchant avec trou médian rapproché du bord dorsal. Un seul de ces rasoirs est intact — 3 gouges à douille — 1 petite enclume —

1 marteau à douille — 13 boutons ou cônes de coulée, quelques-uns gardant encore adhérente la *terre* rouge du moule — 8 culots de bronze ou de cuivre pesant à eux seuls plus de 15 kilos — Un objet en forme d'étui semi-circulaire en bronze en forme de croissant ayant un orifice au milieu de sa courbure et muni d'un trou de suspension à chaque extrémité. Il était rempli d'une matière pulvérulente. Un objet semblable, mais brisé, figure dans le dépôt de Bangor (Calastrène). Celui de Questembert a disparu au lendemain de la découverte — Nombreux débris de moules *en terre*.

(Musée de la Société Polymathique du Morbihan.)

Dr DE CLOSMADEUC : *Note et considérations archéologiques sur les bronzes gaulois découverts aux environs de Questembert*. Bull. Soc. Polym. du Morbihan, 1863, p. 10 — Ce travail suffisamment détaillé et accompagné de dessins me dispense d'y revenir. On trouvera sur la planche représentant quelques pièces du dépôt de Bangor (Calastrène) la reproduction de l'objet de la cachette de Questembert porté comme disparu. — M. Pitre de Lisle a donné la description détaillée des épées et poignard de Questembert dans les Mém. Soc. Emul. des Côtes-du-Nord, année 1883, p. 141 à 145 et 148 — Pour le surplus de la bibliographie, V. Déchelette, appendice I, au Manuel, T. II., p. 85 — Je rectifie, comme on l'aura remarqué, quelques indications erronées, entre autres celle concernant les moules qui sont à l'état de nombreux débris *en terre* (l'inventaire portait 2 moules en bronze) ; le Dr de Closmadeuc avait à tort assimilé l'étui-pendeloque et un bracelet creux, ouvert, renflé aux extrémités.

27. —* **Quéven** ***(Kerhor).*** — 1822. — Haches à douille quadrangulaire renfermant chacune un petit lingot de plomb près de deux vases remplis de cendre brune, le tout caché sous une grosse pierre couchée près de deux autres petits blocs.

Louis MARSILLE. — *La cachette de Kerhor en Quéven*. Bull. Soc. Polym., 1913.

28. — L'appendice porte 573 : **Quéven**. — 1856. — 11 haches « fin du larnaudien ».

G. DE MORTILLET. loc. cit., p. 332.
Est-ce un autre dépôt, ou confond-il avec celui de Kerhor, sur lequel j'ai apporté plus haut quelques détails nouveaux ? Je ne peux rien affirmer.

29. — **Roudouallec** ***(Kerhon).*** — Mars 1896. — Dans un vase en terre jaunâtre dentelé symétriquement sur le bord, 1 lingot pesant 5 kilos ; 170 haches à douille quadrangulaire de $0^m,12$ à $0^m,13$ de longueur, quelques-unes ornées de lignes avec points, ou de cercles avec point au centre.

(Beaucoup dispersées, quelques-unes coll. A. de la Grancière et coll. Le Norcy à Pontivy.)

AVENEAU DE LA GRANCIÈRE. *Cachette de fondeur découverte à Kerhon, en Roudouallec*. Bull. Soc. Polym. du Morbihan, 1896, p. 147.

30. — **Saint-Dolay.** — Moule en bronze pour hache à talon (Mortillet). Fonderie (Musée de Vannes) (E. Chantre).

M. Déchelette mentionne ce dépôt sous le n° 576 et donne comme indications bibliographiques : G. DE MORTILLET, loc. cit., p. 132 — E. CHANTRE, *Age du bronze* I., p. 32.

Je ne retrouve aucun objet provenant de ce dépôt au Musée de la Société Polymathique. Plusieurs haches à talons et anneau latéral et des pointes de lances à douille dont nous ignorons la provenance en faisaient-elles partie ? Le catalogue de 1881 en enregistre un certain nombre sous la seule rubrique « provenances diverses » nos 33, 67 (Vitrine K) — 11, 12, 13 (Vitrine M).

31. — ** **Saint-Tugdual** ***(Cornospital)***. — 1888. — 4 haches à talons rectangulaires et à anneau latéral ; 2 pointes de lances à douille, 1 important fragment d'une lame d'épée.
(Musée de la Société Polymathique.)

Louis MARSILLE. *La cachette de Cornospital en Saint-Tugdual, Morbihan.* Bull. Soc. Polym., 1913.

Louis MARSILLE,

Vice-Président de la Société Polymathique du Morbihan.

Moules, — Dans l'Inventaire des moules de l'âge du bronze découverts dans le Morbihan (appendice II du T. II de M. Déchelette), les moules de Questembert sont portés comme étant en bronze et au nombre de deux. Or ces moules sont en terre. M. le Dr de Closmadeuc, que j'ai encore vu hier (juillet 1913) et qui fit en 1863 le rapport sur la découverte, me parlait d'un plein panier de fragments. Je n'ai retrouvé qu'une dizaine de fragments de ces moules au Musée.

A la liste de M. Déchelette, il faut donc, après cette correction, ajouter le moule de l'île de Groix et, d'après Chasle de la Touche, le moule pour lame d'épée ou de poignard de Calastrène. A préciser que, d'après Evans, les moules de Bangor étaient l'un pour hache à talons sans anneau, l'autre pour hache à talons et anneau.

www.ingramcontent.com/pod-product-compliance
Lightning Source LLC
LaVergne TN
LVHW010622110826
845149LV00003B/1012
9782019618001